katmere

La guía secreta del universo Crave

W0212446

Planeta Internacional

TRACY WOLFF

katmere

La guía secreta del universo Crave

Traducción de Vicky Charques,
Pura Lisart e Isabella Monello

Planeta

Título original: *Katmere Academy. An Insider's Guide*

© Tracy Wolff, 2021
Primera edición en Estados Unidos bajo el título *Katmere Academy. An Insider's Guide.* Traducción publicada por acuerdo con Entangled Publishing, LLC a través de RightsMix LLC. Todos los derechos reservados.
© por la traducción, Vicky Charques, Pura Lisart e Isabella Monello (Prisma Media Proyectos, S. L.), 2022
© Editorial Planeta, S. A., 2022
Avda. Diagonal, 662-664, 08034 Barcelona (España)
www.editorial.planeta.es
www.planetadelibros.com

Ilustraciones del interior: © LJ Anderson, Mayhem Cover Creations

Primera edición: septiembre de 2022
ISBN: 978-84-08-26248-0
Depósito legal: B. 12.751-2022
Composición: Realización Planeta
Impresión y encuadernación: Rotativas de Estella, S. L.
Printed in Spain - Impreso en España

No se permite la reproducción total o parcial de este libro, ni su incorporación a un sistema informático, ni su transmisión en cualquier forma o por cualquier medio, sea este electrónico, mecánico, por fotocopia, por grabación u otros métodos, sin el permiso previo y por escrito del editor. La infracción de los derechos mencionados puede ser constitutiva de delito contra la propiedad intelectual (Art. 270 y siguientes del Código Penal).
Diríjase a CEDRO (Centro Español de Derechos Reprográficos) si necesita fotocopiar o escanear algún fragmento de esta obra. Puede contactar con CEDRO a través de la web www.conlicencia.com o por teléfono en el 91 702 19 70 / 93 272 04 47.

Certificado PEFC
Este libro procede de bosques gestionados de forma sostenible y fuentes controladas
PEFC
PEFC/14-38-00305
www.pefc.es

El papel utilizado para la impresión de este libro está calificado como papel ecológico y procede de bosques gestionados de manera sostenible.

Atención, lectores:

¡Alerta de spoilers!

Si no has leído todos los libros de la saga, consulta las notas de cronología, que te indicarán en qué parte de *Anhelo*, *Furia* o *Ansia* se sitúa el contenido. Tal vez quieras saltarte las secciones que se corresponden con los libros que todavía no has disfrutado.

¡Feliz lectura!

A todos los fanáticos de Crave, que nos han acogido tanto a la saga como a mí en su corazón. Os adoro. Gracias, gracias, gracias desde lo más profundo de mi ser.

Estimado/a alumno/a:

¡Bienvenido/a al instituto Katmere, un centro docente con un ambiente de miedo! Ubicado en una antigua fortaleza dragontina situada en la ladera de una montaña de la apartada Denali, en Alaska, llevamos cerca de mil años educando a las mentes más brillantes y privilegiadas del mundo paranormal.

Nuestro alumnado se forma a diario gracias a un programa diseñado para desarrollar su máximo potencial. El sistema educativo del instituto Katmere, cuyas asignaturas imparte el mejor cuerpo docente del mundo, no tiene parangón.

Por supuesto, su excelente plan de estudios no es lo único que ofrece el Katmere. Creemos en un modelo de educación holística que integre las necesidades académicas, emocionales, sociales y mágicas de nuestros alumnos en un programa completo. La magia y los poderes se estudian y se desarrollan tanto en el aula como a través de múltiples actividades extraescolares obligatorias, y las reuniones rutinarias con los tutores, el director y los psicólogos del centro nos ayudan a realizar un seguimiento del bienestar emo-

cional del alumnado. Nuestros encuentros semanales de estudiantes, las actividades mensuales propuestas por el centro y los diversos clubs, deportes y demás actividades extracurriculares fomentan las alianzas e invitan a participar incluso a los alumnos más introvertidos.

Si la idea de estudiar en un precioso castillo con los mejores profesores del mundo paranormal y con la posibilidad de entablar amistades de por vida con los seres más poderosos del mundo te resulta atractiva, nos complace enormemente invitarte a solicitar una plaza. Sin embargo, que nuestro divertido plan de estudios no te engañe: el proceso de solicitud es riguroso, y aquí solo aceptamos a los mejores.

Atentamente,

Finn Foster

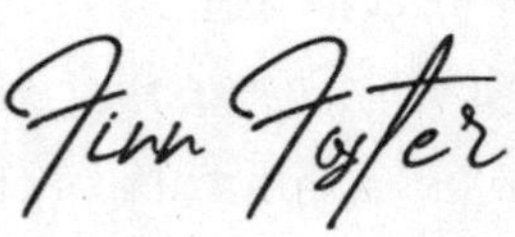

Director

Bíos de los personajes

GRACE FOSTER

Grace Foster

P.: ¿Qué sonido hace una gárgola al estornudar?

Identidad paranormal: Gárgola.

Habilidades especiales: Me transformo en una gran roca voladora. También tengo otros poderes gargólicos: magia acuática, de sanación..., pero ese es el principal.

Signo zodiacal: Tauro.

Rasgos favoritos: Mi pelo hiperrizado y el tatuaje mágico brillante que ocupa la mayor parte de mi brazo.

Asignatura favorita del instituto Katmere: Historia de la Brujería.

Asignatura que menos te gusta del instituto Katmere: Física del Vuelo (superimportante y SUPERDIFÍCIL).

Lo mejor de vivir en Alaska: Mis amigos.

Lo peor de vivir en Alaska: Diría que la ausencia de playas, aunque, de hecho, Alaska tiene la línea de costa más larga de Estados Unidos. El resto del estado no tiene la culpa de que un puñado de viejos educadores paranormales decidieran que el aislamiento total en un inhóspito entorno salvaje desarrolla el carácter. (Vale, las montañas son bonitas. Vistas a través de la ventana. Desde el interior.)

***Snack* favorito:** Frosted Cherry Pop-Tarts, el desayuno de los campeones.

***Snack* irresistible que tomar a media noche:** Medio litro de helado Ben & Jerry's de cereza (compartido con Macy, claro).

Recuerdo favorito de la infancia: Probablemente cuando mi padre me enseñó a hacer surf en Coronado cuando yo tenía seis años. En aquel momento me pareció que estaba dotada para ello pero, ahora que sé que papá era brujo, supongo que la magia tuvo mucho que ver con el hecho de que lograse mantenerme sobre la tabla aquel día. Pero la gran surfista en la que me convertí en los tres años siguientes... eso fue todo cosa mía. También recuerdo con cariño los ratos con mi madre en el jardín. Tenía mi propio juego de jardinería y era la encargada de podar las caléndulas. Tenía una cestita donde guardarlas y todo. Un día le conté esto a Flint y me dijo que era «como la chica de *Bee Movie*». Lo bombardeé en picado en la siguiente clase de Física del Vuelo (ventajas de ser una gran roca voladora).

Color favorito: Morado (aunque he de admitir que le estoy cogiendo el punto al rosa eléctrico).

Bebida favorita: Dr Pepper.

Comida favorita: Cualquier clase de taco.

Momento más vergonzoso: Cuando mi mejor amiga de San Diego (Heather) estaba haciendo las pruebas para una obra en el penúltimo curso del instituto, la acompañé para darle apoyo moral. Pero la profesora de Teatro insistió en que todos los presentes hicieran la prueba, sin excusas, así que acabé en el escenario, balbuceando la canción de *Hamilton* (la única fase teatral por la que he pasado) delante de cincuenta personas. Esto sucedió dos años después de que *Hamilton* molase, claro. Cuando terminé me temblaban tanto las piernas que tropecé al bajar del escenario y me caí de culo delante de todo el mundo. Y, como colofón final, establecí contacto visual con mi amor platónico de aquel entonces. No me extraña que no me correspondiera, la verdad.

El viaje de tus sueños: Creo que iría a Inglaterra, porque me muero de ganas de ver Stonehenge. Sé que no es una respuesta muy emocionante, pero me atrae un montón. Hubo un breve periodo de tiempo en secundaria en el que mi único hobby era leer sobre Stonehenge y ver vídeos sobre conspiraciones relacionados con el monumento. Ahora que lo pienso, es bastante plausible que sea obra de antiguos constructores paranormales. Considerad esto como mi disculpa formal a hengesceptic655 en YouTube.

Tus amigos te conocen sobre todo por aquella vez que...: ¿Me transformé en piedra durante casi cuatro meses en medio del pasillo?

Bebida matutina favorita: El café, sin duda. Antes intentaba controlar mi consumo de cafeína, pero, después de todo lo que ha pasado, creo que me merezco tomarme un café cada vez que me sale de la gárgola que llevo dentro.

Si fueras un utensilio de cocina, serías...: Probablemente uno de esos tenedores-cuchara. No soy glamurosa, pero sí versátil. Puedo hacer casi cualquier cosa, solo que un poco peor que la persona que se supone que tiene que hacerla.

Cita ideal: Ir a una biblioteca o a un museo donde podamos hablar sobre nuestros libros y arte favoritos, y después cenar algo comprado en un *food truck* y contemplar las estrellas en la playa. Huelga decirlo, pero esa última parte no sucede en Alaska.

Tu mayor temor: No poder proteger a mis seres queridos.

Algo que te disguste especialmente: Que la gente intente matarme.

R.: ¡Estat-chuaaa!

Datos curiosos sobre Grace:

1. Cuando estaba en secundaria, Grace tenía una colección de más de cien sabores de brillo labial. El que más usaba era el de cereza, claro.

2. En cuanto Grace y Heather se sacaron el carnet de conducir, iniciaron la tradición de salir a cenar una vez por semana.

3. Grace siempre ha estado obsesionada con todo lo que tenga que ver con el océano, incluidos, entre otras cosas, los faros, las conchas, las criaturas marinas y el surf.

4. El ingrediente de pizza favorito de Grace son las aceitunas negras.

Chat entre Grace y Heather

Cronología: al principio de *Anhelo*

Heather: ¿Qué tal Hogwarts?

Grace: No lo sé aún

Heather: Pero ¿¿¿cuánto se tarda en llegar a Alaska???

Grace: Ya estoy en Alaska

Grace: Y ya tengo una respuesta

Heather: ¿Una respuesta para qué?

Grace: A lo de si el infierno se ha helado

Heather: ¿Y...?

Grace: Depende... ¿hay algo más definitivo que un «sí»?

Heather: «¿Joder, sí?»

Grace: Entonces ¡joder, sí!

Heather: Y eso que estamos a principios de noviembre aún

Heather: Noviem-brrr-e

Grace: Qué malo. Me encanta

Grace: Pero ¿por qué me recuerdas mi aciago destino?

Heather: Solo hago campaña para que vuelvas

Heather: Es broma

Heather: ¿Y dónde estás ahora?

Grace: A punto de subirme a la avioneta más pequeña del mundo

Grace: Es imposible que este trasto se mantenga en el aire

Grace: Le doy 15 minutos

Heather: Estarás bien. Has leído *El hacha*

Heather: ¿Es lo que te va a llevar al Katmere?

Grace: No, a un pueblo llamado Healy, que está cerca del instituto

Grace: Así me castiga el universo por no estudiar lo suficiente para el final de Inglés de sexto curso

Heather: ¡Igual sí! :)

Heather: Peeero... tengo algo que contarte

Heather: Para distraerte un poco de tu inminente desmembramiento a causa de la gravedad o a manos de un oso

Grace: Se supone que tienes que decirme que todo va a ir bien

Heather: Ah

Heather: Todo va a ir bien

Grace: Suena muy sincero

Heather: ¡Es un mensaje de texto!

Grace: Tenía tono

Heather: ¿Quieres saberlo o no?

Grace: Sí

Heather: Hoy Marcus ha preguntado dónde estabas

Heather: Y parecía bastante jodido cuando se lo he dicho

Heather: Jodido como si a un gran deportista le impidiesen entrar en el equipo de baloncesto del insti

Grace: ¿Qué? ¿¿¿En serio???

Grace: ¿Desde cuándo le importa dónde estoy?

Heather: Desde que no estás en clase de Historia Avanzada para que pase de ti, supongo

Grace: No me ha dicho ni una palabra desde que murieron mis padres

Heather: Es un idiota

Heather: Pero, al parecer, un idiota al que todavía le gustabas

Grace: Ya, pues el sentimiento no es mutuo

Grace: Uy, sí, para nada...

Heather: Claro que no

Heather: Dejarlo con él fue lo más inteligente que has hecho nunca

Heather: Pero he pensado que debías saber que sigue pillado

Grace: Ya

Grace: Aunque en realidad nos dejamos mutuamente...

Heather: Acepta la victoria

Heather: Lo necesitas

Grace: Vale

Grace: Busca una foto sexy de nuestro día en la playa. La publicaré

Grace: Será mi venganza >:-)

Heather: ¡Uhhh!

Heather: ¿Dónde estaba esta Grace cuando yo intentaba conseguir que los de último curso nos invitasen a sus fiestas?

Grace: A esa Grace todavía la seguían sus padres en Instagram

Grace: *gesto de *dab**

Heather: sklfhlsfjo

Heather: Madre mía

Heather: Grace

Heather: Querías intentar HACER amigos, ¿recuerdas?

Grace: Estoy siendo ~sarcástica~

Heather: Me he encogido físicamente de la vergüenza. De verdad

Grace: ¡¿Perdona?! No escucho a mis *haters*. xD

Heather: Ay

Heather: Escríbeme en cuanto llegues allí, ¿vale?

Heather: Y mándame una foto

Heather: He apostado con alguien cinco pavos a que ese sitio no existe

Grace: ¿Con quién?

Grace: ¿¿¿Has apostado en mi contra???

Heather: Si existiera saldría en Google, Grace

Grace: No si se trata de un instituto supersecreto en el que me van a enseñar a darte una patada en el culo

Heather: He apostado por que se trata de una secta

Heather: Literalmente <3

Grace: Conociendo al tío Finn...

Grace: Ahora estoy aún más nerviosa si cabe

Heather: Todo irá bien

Grace: Ahí está ese tonito otra vez...

Grace: Me quedo sin cobertura

Grace: Por si me muero, ¡te quiero!

Heather: Todo irá BIEN

MACY FOSTER

Macy Foster

P.: ¿En qué se parecen una bruja y el fin de semana?

Identidad paranormal: Bruja.

Habilidades especiales: Puedo crear portales y viajar a cualquier lugar que haya visitado antes.

Signo zodiacal: Libra.

Lo primero que a la gente le llama la atención de ti: Mi pelo, que cambia mucho de color.

Lo mejor del instituto Katmere: Mi pasadizo secreto y la torre de las brujas.

Asignatura favorita del instituto Katmere: Arte Dramático de lo Paranormal. (*Dramático* rollo «teatro», pero si los chismorreos del Katmere fuesen una asignatura, sería sin duda mi favorita. No me avergüenzo de ser quien soy.)

Lo que menos te gusta de vivir en Alaska: El tiempo que tengo que esperar para comer helados Ben & Jerry's. También que es muy difícil encontrar novio o novia en un centro al que todos hemos asistido desde el jardín de infancia.

Tus amigos te conocen sobre todo por aquella vez que...: En segundo curso (en un juego especialmente competitivo de «verdad o atrevimiento») encanté una escoba para que volase y di treinta vueltas a la torre de Jaxon en bikini. Nunca he hablado de esto con él.

Recuerdo favorito de la infancia: La vez que mi madre me llevó a Seattle para pasar un fin de semana de chicas. Nos hicimos manicuras y pedicuras y fuimos a comprar ropa elegante y zapatos. Después nos arreglamos y me llevó a un buen hotel a tomar té. Todavía recuerdo cuál elegí (verano de moras) y es la infusión más deliciosa que he tomado jamás. Nos sentamos a una mesita con un mantel de encaje y charlamos durante horas. Yo tenía ocho años, así que es el último buen recuerdo que tengo de ella antes de que se marchara.

Rituales matutinos: Me ducho, me arreglo rápido con un poco de magia y bajo al comedor. Grace me odia por ello, pero no es culpa mía que mis encantamientos no funcionen con las gárgolas.

***Snack* irresistible que tomar a media noche:** El helado de chocolate con caramelo y nubes de Ben & Jerry's (no se lo digáis a Grace) y también quesadillas con queso (no todo junto, excepto en días malos).

Algo que siempre te haga reír: Mis amigos. Siendo totalmente parcial, creo que hemos logrado reunir al grupo de amigos más divertido del Katmere.

Recuerdo más vergonzoso: Lee la historia de la escoba en bikini anterior.

Si fueras un utensilio de cocina, serías...: Cucharas de medición, porque añado un toque a las cosas. También porque las uso para las pociones, que tienen que ser muy precisas. Si te pasas con la saliva de rana, puedes transformar casi cualquier cosa en una bomba fétida de doble uso.

Bebida matutina favorita: Capuchino con caramelo.

El viaje de tus sueños: A Hawái, creo. Sé que es un poco típico, pero me encanta la idea de tumbarme al sol, beber *mai tais* y ver a un montón de gente buenorra haciendo surf.

Tu mayor temor: A las arañas. Y a que le pase algo malo a mi padre. O a Grace. O a alguien a quien quiero.

Un secreto que no quieres que nadie sepa: Odio el rosa eléctrico.

Comida favorita: Tortitas de arándanos con sirope de arce y nata montada.

Si fueras un coche, serías...: Un todoterreno de esos descapotables, porque dan buen rollo y son divertidísimos.

Si el Katmere tuviese un anuario, ¿qué voto te daría la gente?: A la mejor vestida, creo yo. Pero en realidad debería ser a la que más orgullosa está de pertenecer a este centro.

Ritual diario que más te gusta: Pasarme cinco minutos por el despacho de mi padre para ver que ambos estamos bien. También los quince minutos extra que puedo dormir mientras Grace se arregla a la antigua usanza.

Algo que te disguste especialmente: La gente mala da asco.

Cita ideal: Quiero que alguien me levante del suelo. Un vampiro bien guapo o una dragona fuerte. Nos pondríamos muy elegantes y bailaríamos hasta al amanecer. Y, al alba, nos comeríamos unas tortitas de arándanos en alguna cafetería de estas que están abiertas las veinticuatro horas. Y también habría muchos besos, claro. Muchísimos.

R.: ¡En que ambos se van volando!

Datos curiosos sobre Macy:

1. Macy está suscrita a todos los servicios de *streaming*: Netflix, HBO, Crunchyroll. A todos.

2. Le encantan las velas perfumadas. Sus esencias favoritas son lavanda, azahar y vainilla.

3. Cuando Macy está en plena sesión de estudio, le gusta comer *pretzels*, pero solo los de palito. Ni siquiera le sugieras el de masa enroscada.

4. Macy tiene una colección absurdamente grande de zapatillas de estar por casa de animalitos. Las de ajolotes son sus favoritas actualmente.

Chat entre Grace y Macy

Cronología:
entre los capítulos 8 y 9 de *Anhelo*

Macy: Se me ha olvidado preguntarte qué quieres comer

Grace: No tengo mucha hambre

Macy: No paras de decir eso

Macy: Tienes que comer o nunca se te pasará el mal de altura

Grace: Vale

Grace: Tráeme algo con buena pinta

Macy: Todo tiene buena pinta

Grace: Es la cafetería de un instituto

Grace: ¿Cómo es posible?

Macy: Ya lo verás

Macy: ¿Hay algo que no te guste nada?

Grace: No

Macy: Vale, pues te subo varias cosas

Grace: No hace falta

Grace: Tráeme unas patatas fritas y ya está

Macy: ¿Para que te desmayes en la fiesta porque no has comido nada más que un puñado de patatas en dos días?

Macy: De eso nada

Grace: Podría no ir a la fiesta

Grace: Así, todos los problemas resueltos

Macy: Eso no resuelve NINGÚN problema

Macy: ¡Ya sé qué te voy a llevar!

Macy: Voy a hacerte una quesadilla en la cocina

Macy: Menos mal que me enseñaste a prepararlas ;)

Grace: ¿Yo?

Macy: Cuando teníamos ocho años

Grace: ¡Ah, vale!

Grace: Cuando vinisteis de visita

Macy: Y nuestros padres estaban tan ocupados susurrando en la otra habitación que se olvidaron de hacernos la comida

Macy: Dijiste que no me preocupase porque sabías cómo usar la máquina para hacer quesadillas

Grace: ¡Es verdad! Y luego me quemé la mano intentando calentar el pollo

Grace: Y tú me dijiste que no te gustaba el pollo

Grace: Aunque era mentira, porque te vi comer pollo al día siguiente

Macy: Es que no quería que te hicieras daño

Macy: Además, me encantaron tus quesadillas de queso

Macy: Las serviste en unos platos rosa eléctrico que tenían como unos destellos y pensé que eras suuupersofisticada

Grace: Eran los que habían sobrado de mi fiesta de cumpleaños

Macy: Pues yo pensé que comías en ellos todos los días

Macy: Como si los platos con purpurina rosa eléctrico fuesen tu accesorio característico o algo así

Grace: Jajaja

Macy: Jajaja

Macy: Le supliqué a mi madre que me comprase los mismos platos

Grace: ¿Y lo hizo?

Macy: Qué va

Macy: Se fue justo después de ese viaje
Grace: Lo siento mucho
Macy: Deberías
Macy: Fueron los platos lo que la llevó al límite. Me lo dijo ella misma
Grace: MACY
Macy: ¡Es broma! No fueron los platos
Grace: Lo siento igualmente
Macy: No te preocupes
Macy: Fue hace una eternidad
Grace: Oye, Macy
Macy: ¿Qué?
Grace: Gracias
Macy: Dos quesadillas de queso. Marchando <3

JAXON VEGA

Jaxon Vega

P.: ¿Con qué juega un bebé vampiro?

Identidad paranormal: Vampiro.

Apodo: Blandengue. (Me lo llama solo Hudson, y únicamente lo incluyo aquí por educación. Como alguien más se atreva a llamarme así, que se atenga a las consecuencias.)

Habilidades especiales: Telequinesis, lo que me permite mover objetos, iniciar terremotos e incluso volar (sí, volar, no lo que el envidioso de mi hermano mayor solía decir que hacía).

Rasgos favoritos: Creo que no tengo ningún rasgo favorito. Tengo un rasgo que detesto: la cicatriz de la mejilla, pero lo estoy superando.

Lo mejor del instituto Katmere: No estar en la Corte Vampírica.

Asignatura favorita del instituto Katmere: Hemoquímica.

Lo peor de vivir en Alaska: Que en verano los días tienen muchísimas horas de luz.

Tus amigos te conocen sobre todo por aquella vez que...: Maté a mi hermano. No me siento orgulloso de ello, al menos la mayor parte del tiempo.

Recuerdo favorito de la infancia: Cuando era pequeño practicaba mi telequinesis en cimas de montaña vacías. Escalaba hasta allí, provocaba una avalancha y esperaba a que me alcanzase. Sé que suena fatal, pero al cabo de un tiempo descubrí cómo usar mi poder para levitar justo por encima de la nieve. Fue lo más divertido que hice de niño.

Algo que siempre te haga reír: Los chistes malos de Grace.

Si fueras un utensilio de cocina, serías...: Un mazo (es un utensilio, ¿no?).

Rituales matutinos: Ejercitar un poco mi telequinesis reorganizando mi habitación para después volver a dejarla como estaba en menos de un minuto. Tomar un poco de aire fresco en el parapeto que queda debajo de la ventana, en mi torre, antes de tener que soportar la peste de ese lobo en la primera asignatura.

El viaje de tus sueños: Por lo general, cuando «sueño» con un viaje me limito a ir a ese lugar. Pero las cosas han estado moviditas últimamente, así que no he podido visitar aún la Patagonia. Me encantaría ir durante los primeros meses de invierno en Latinoamérica. Tal vez para «surfear» otra avalancha. He visto *The Art of Flight* hace poco, y desde entonces me muero por ir a ese lugar.

Un secreto que no quieres que nadie sepa: Le pedí a Lia que encontrase un hechizo para traer a Hudson de vuelta. No tenía ni idea de que llevarlo a cabo implicaría sacrificar a mi compañera.

Comida favorita: Sangre B+.

Si el Katmere tuviese un anuario, ¿qué voto te daría la gente?: Al que más probabilidades tiene de destruir el instituto.

Regalo favorito: Una brújula que me regaló la Sangradora «para que siempre encuentre mi camino».

¿Qué haces cuando quieres relajarte?: Me encierro en mi cuarto, pongo la música muy alta y le doy a la batería hasta que me duelen todos los músculos del cuerpo. Y soy un vampiro, así que estamos hablando de un buen rato.

Cita ideal: Me pasaría la noche entera deambulando por Nueva York con mi pareja. Empezaríamos recorriendo la High Line y nos colaríamos en la inauguración de alguna exposición de arte antes de pasar unas cuantas horas en mi disco clandestina favorita. (En Nueva York están las mejores discotecas para criaturas paranormales. Las fiestas humanas están bien también, pero, si estamos hablando de mi cita perfecta, prefiero no tener que esconder los colmillos.) Acabaríamos la noche recorriendo las calles, hablando de todo y nada, compraría recuerdos en esas tiendas abiertas toda la noche. (Creo que son monos, ¿vale? Pero esa parte no se la contéis a Hudson.)

Tres cosas que te llevarías a una isla desierta: No me llevaría nada. Me largaría de allí enseguida.

Algo que solo sabe tu mejor amigo/a: Tengo una obsesión supersecreta con los cómics. Mis favoritos son los de X-Men. Flint es el único que lo sabe. Ni siquiera se lo he dicho a Grace.

R.: Con glóbulos rojos.

Datos curiosos sobre Jaxon:

1. A veces dibuja y escribe poemas. Nadie ha visto sus dibujos ni leído nunca ninguno de sus poemas.

2. El lugar favorito de Jaxon en el mundo es la cima de una montaña mientras nieva lentamente.

3. Jaxon siempre ha querido tener un perro.

4. Detesta que recayese sobre él la responsabilidad de mantener la paz en el Katmere tras la muerte de su hermano (cosa que no era nada fácil).

Chat entre Grace y Jaxon

Cronología:
entre los capítulos 24 y 25 de *Anhelo*

Grace: ¿Llevo algo?

Jaxon: ¿¿¿???

Grace: Cuando vaya luego a tu habitación

Jaxon: ¿A ti misma?

Grace: Evidentemente

Grace: Aparte de eso, digo

Jaxon: ¿Algo como qué?

Grace: No sé..., ¿comida?

Jaxon: ¿Tienes hambre?

Grace: No

Grace: Pero es de buena educación llevar algo cuando va a algún sitio

Jaxon: Soy un vampiro

Jaxon: Yo no como

Grace: ¡Ya lo sé!

Grace: Pero te comiste esa fresa en la fiesta, así que no estaba segura

Jaxon: Fue solo una...

Jaxon: Me estuvo doliendo la tripa las siguientes dos horas

Grace: ¿En serio?

Grace: ¿Y por qué lo hiciste?

Jaxon: Porque sí

Grace: Dime por qué

Jaxon: Ya no importa

Grace: Pero quiero saberlo

Grace: Un momento... ¿Era pura presunción?

Jaxon: Nos vemos dentro de un par de horas

Grace: ¿Estabas pavoneándote delante de tu Corte, príncipe Jaxon?

Grace: Creo que el gesto es menos glamuroso cuando todos los presentes saben que te va a dar una indigestión

Grace: Vale. No respondas

Grace: Pero que sepas que pienso interpretar tu silencio como una admisión de culpa

Grace: Nos vemos dentro de un rato

FLINT MONTGOMERY

Flint Montgomery

P.: ¿Cuál es el colmo de un dragón?

Identidad paranormal: ¡Soy un dragón, *baby*!
Apodo: Dragonator. (Nadie me ha llamado así desde los siete años, pero estoy pensando en resucitarlo.)
Signo zodiacal: Leo.
Rasgos favoritos: Tengo un montón de marcas de quemaduras en el pecho y en los hombros, y algunas cicatrices de garras en la espalda y en las piernas. Para un dragón, las heridas de guerra son una marca de honor.
Lo mejor del instituto Katmere: Los túneles dragontinos que hay por debajo del edificio.
Asignatura favorita del instituto Katmere: Física del Vuelo, obviamente.
Lo mejor de vivir en Alaska: Que puedo recorrer kilómetros volando sin preocuparme de ver a nadie.
Tus amigos te conocen sobre todo por aquella vez que...: Usé mis llamas para descongelar el estanque del instituto en diciembre para que los metamorfos pudieran celebrar un concurso de bombas. Ganó Eden, pero no le guardo ningún rencor. Aunque el año que viene se me conocerá como aquel que ejecutó la mejor estrate-

gia del mundo en la guerra de bolas de nieve. Tengo que vengarme de Jaxon por eclipsarme y amenazar mi autoridad como el mejor lanzabolas de nieve del Katmere. Ya sabéis lo que dicen: en el amor y en los deportes de invierno, todo vale.

Recuerdo favorito de la infancia: Mi padre sobornó a los guardias del Empire State Building para que nos dejasen subir a la plataforma de observación cuando ya habían cerrado. Hicimos un pícnic allí arriba, disfrutando de las vistas de la ciudad, y después mi padre usó una poción de invisibilidad para que pudiésemos volar desde lo alto (¡menos mal que tienen una azotea mágica!) y planear sobre Manhattan. Todavía me pregunto qué pensaría aquel guardia cuando volvió a por nosotros y se encontró con la plataforma completamente vacía.

***Snack* irresistible que tomar a media noche:** Un festín de patatas fritas es bien recibido a cualquier hora.

Algo que siempre te haga reír: Yo mismo. Al cuerno con la modestia: soy mi humorista favorito.

Recuerdo más vergonzoso: Tenía unos diez años cuando mis primeras llamas hicieron su aparición. Estaba tan emocionado que corrí al centro de la Corte para enseñárselas a mi madre. Todo el mundo me estaba mirando, y lo único que conseguí expulsar fue una chispa ridícula.

Si fueras un utensilio de cocina, serías...: Un abrebotellas, porque la fiesta nunca empieza hasta que yo llego.

Bebida matutina favorita: Chocolate caliente con nubes tostadas con fuego de dragón.

El viaje de tus sueños: Acampar en el desierto, cerca de Egipto. Me encanta volar bajo, casi como si estuviese surfeando las dunas de arena, hasta quedarme sin aliento y dormir bajo las estrellas. En ningún lugar se ve el cielo tan inmenso como en el desierto.

Tu mayor temor: Acabar solo, porque siempre me enamoro de la persona equivocada. ¿Demasiado profundo? ¿Qué tal... el océano? No tenemos ni idea de lo que se esconde ahí abajo. No me mola nada esa mierda.

Cita ideal: Prepararía un pícnic bien pronto por la mañana y nos iríamos volando a la cima del Denali. Allí desayunaríamos y veríamos el amanecer y luego descenderíamos la ladera de la montaña haciendo *snowboard*. ¡Menudo subidón! Ah, y también encendería una hoguera para estar calentitos.

Un secreto que no quieres que nadie sepa: Me enamoré de mi mejor amigo con catorce años y nunca se lo dije. Probablemente fuera lo mejor...

Comida favorita: Tortitas de arándanos con sirope de arce y nata montada.

Si el Katmere tuviese un anuario, ¿qué voto te daría la gente?: El alma de la fiesta.

Algo que te disguste especialmente: La gente que finge ser algo que no es.

¿Qué haces cuando quieres relajarte?: Voy a volar. Centra a mi dragón y me permite pensar. Además, después de mover los músculos todo parece mejor siempre.

R.: ¡Tener la garganta inflamada!

Datos curiosos sobre Flint:

1. Le encantó criarse en Nueva York. Una vez intercambió su bici por un par de entradas a pie de pista para ver a los Knicks.

2. Hace unos años a Flint le gustaban absolutamente todos los deportes en los que se requiriese una pelota: fútbol, béisbol, baloncesto, críquet, etcétera.

3. El placer inconfesable de Flint es el refresco Mountain Dew, pero solo cuando tiene que estudiar.

4. Flint puede ser tremendamente géneroso. Una vez invitó a toda su planta en el Katmere a un viaje a Cancún para las vacaciones de primavera.

Chat entre Flint, Macy, Jaxon y Grace

Cronología:
entre los capítulos 8 y 9 de *Anhelo*

Chat grupal

Macy: He pensado que sería buena idea crear un chat de grupo

Macy: Espero que no os importe

Jaxon: ¿Quién eres?

Jaxon: ¿Y por qué quieres que esté en un grupo de chat contigo?

Macy: Por cierto, soy Macy

Macy: Perdonad que no haya empezado por ahí

Grace: Tranquila, Macy

Chat aparte

Macy: Soy una idiota

Macy: Jaxon me odia

Grace: No te odia

Grace: Es que no sabía quién estaba enviando el mensaje

Macy: ¡Tiene mi número desde sexto curso!

Grace: Tranquila, en serio

Chat aparte

Grace: ¿Podrías ser un poco más amable con mi prima, por favor?

Jaxon: No estoy acostumbrado a que me escriban desde números extraños

Jaxon: Lo siento

Chat grupal

Flint: ¡¡¡Hola, chicas!!!

Jaxon: Perdona, Macy

Jaxon: Tengo un móvil nuevo y he perdido los contactos

Macy: Gracias por invitarnos a la guerra de bolas de nieve, Flint

Macy: Solo quería que supierais que Grace tiene algo mejor el tobillo

Flint: ¡Qué bien!

Flint: Siento de nuevo que te hayas hecho daño

Jaxon: No lo apoyes aún

Grace: No pensaba hacerlo

Grace: Pero gracias por el consejo, doctor

Flint: Así es Jaxon Vega

Flint: Puro encanto

Jaxon: Vete a la mierda, Montgomery

Flint: ¡Eh! ¡Eh!

Flint: Ese lenguaje

Jaxon: Vete más a la mierda

Grace: ¿Eso es gramaticalmente correcto?

Macy: Bueeeno

Macy: He pensado que tal vez podríamos comer todos juntos mañana
Flint: Me encantaría comer contigo y con Grace
Macy: Me refería a los cuatro
Grace: ¿Jaxon?
Jaxon Vega ha salido del grupo
Macy: Vaya, ha ido bastante bien
Grace: Pasa de él
Grace: Está siendo un capullo
Flint: A Vega eso se le da genial
Flint: No te lo tomes como algo personal

Chat aparte

Grace: ¿En serio?
Jaxon: No me van los chats de grupo
Grace: Solo intenta ser amable
Jaxon: Eso tampoco me va
Grace: Sí, ya lo veo
Jaxon: Más vale tarde que nunca
Grace: ¿A esto es a lo que te referías cuando dijiste que no iba a ser fácil?
Jaxon: ...
Jaxon: ...
Jaxon: Debería haber dicho que esto no va a funcionar
Grace: ¿En serio, Jaxon?
Grace: ¿Lo estás diciendo en serio?
Jaxon: No sé, estoy algo confundido
Grace: Genial. Pues avísame cuando lo averigües
Jaxon: ...

Jaxon: ...
Jaxon: ...

Chat grupal

Macy: Entonces ¿comemos mañana?
Grace: Yo no sé si podré andar
Grace: Pero haré todo lo posible
Flint: Yo también
Flint: Gracias por la invitación, Macy
Macy: De nada

MEKHI HARRIS

Mekhi Harris

P.: ¿Por qué a los vampiros les atrae la gente triste?

Identidad paranormal: Vampiro.

Rasgos favoritos: Tengo tatuada una brújula en el pectoral izquierdo. Me costó mucho tiempo encontrar un auténtico hogar, y no pienso volver a perderlo de vista.

Signo zodiacal: Acuario.

Lo mejor del instituto Katmere: Lo del castillo mola bastante, pero sobre todo formar parte de la Orden.

Asignatura favorita del instituto Katmere: Hemoquímica. Me estoy planteando hacerme médico, y me parece interesantísimo que los distintos tipos de sangre reaccionen de forma diferente en los vampiros.

Lo mejor de vivir en Alaska: Me encanta la nieve. Y el frío es mejor que el calor para los vampiros.

Algo que siempre te haga reír: Los *remakes* de anime en imagen real. Me encantan. Siempre son lo peor. Son tan malos que son buenos.

Recuerdo más vergonzoso: En primero, un par de alumnos de último curso me dieron una paliza. Si me salvé fue porque Jaxon decidió que compitiésemos en igualdad de condiciones. Desde entonces siempre nos hemos cubierto las espaldas el uno al otro, pero todavía recuerdo lo que sentí al descubrir que no era ni la mitad de fuerte de lo que creía. El Katmere es un lugar duro, tío.

Si fueras un utensilio de cocina, serías...: Unas pinzas, porque siempre estoy dispuesto a sacar a mis amigos de un apuro si me necesitan.

Rituales matutinos: No necesito dormir mucho, así que suelo levantarme sobre las cinco. Me gusta entrenar en la sala de pesas, ducharme y desayunar algo, ya sea en el comedor del Katmere o, si me apetece cazar, en uno de los bosques de alrededor. Después ya suele ser hora de ir a clase.

El viaje de tus sueños: Río de Janeiro durante los carnavales. Me flipan las multitudes, la música alta y las fiestas que nunca terminan. Me encantaría ir con la Orden un año de estos. Aunque me temo que tengo unos cuantos palos que sacarles del culo antes de convencerlos.

Tu mayor temor: Traicionar a mis amigos. Mi padre traicionó a mi madre cuando yo era pequeño y saberlo me convirtió en la persona en la que me he convertido. La lealtad es muy importante para mí, y no quiero que mis amigos (o mi compañero o compañera cuando llegue el día) tengan que preocuparse jamás ni por un segundo de que no quiero estar donde estoy.

Un secreto que no quieres que nadie sepa: Aunque ya no soy el crío pequeño de cuarenta kilos que era en primero, a veces sigo sintiéndome como él. Sobre todo cuando estuve mal y no pude ayudar a mis amigos en la isla de la Bestia Imbatible. Cuando me enteré de que aquello había salido mal... sentí que los había dejado en la estacada.

Introvertido o extrovertido: Extrovertido.

Objeto favorito que posees: Un reloj que me dio mi abuelo. Antes de conocer a los miembros de la Orden, él era la única persona con la que podía ser yo mismo.

R.: Porque son «cero positivos».

Datos curiosos sobre Mekhi:

1. Le encanta jugar a *Words With Friends*. El resto de la Orden se descargó el juego para complacerle, pero no tardó en convertirse en un pasatiempo extremadamente competitivo.

2. Hubo un tiempo en el que Mekhi creía que su sombra quería matarlo. A ver, tenía solo siete años, pero aun así ¡menudo miedo!

3. A Mekhi le chifla el manga. Ahora está leyendo *Gokushufudo: Yakuza amo de casa*, de Kousuke Oono, pero en el fondo sigue siendo un chico *shonen*.

Chat entre Mekhi y Jaxon

Cronología:
entre *Anhelo* y *Furia*

Mekhi: ¡Arriba!
Jaxon: Vete a la mierda
Mekhi: ¿Listo para levantar pesas?
Jaxon: Paso
Mekhi: ¿Cómo?
Mekhi: Te encanta levantar pesas
Mekhi: Y las pesas están en tu cuarto...
Jaxon: Usa el gimnasio
Mekhi: Voy para allá

Cinco minutos después...

Mekhi: Sé que me has oído llamar
Jaxon: ...
Mekhi: No pienso irme
Mekhi: Así que será mejor que abras la puerta
Jaxon: ...
Mekhi: ...
Mekhi: Venga, tío, abre la puerta
Mekhi: Tenemos cosas que hacer antes de clase
Jaxon: ...
Mekhi: Soy yo el que está aporreando la puerta

Mekhi: Y cada vez suena más fuerte

Mekhi: Sigo aquí

Mekhi: Puedo estar así todo el día

Jaxon: En serio, lárgate

Jaxon: Ya me he levantado. Venga, pírate

Mekhi: No. Esas pesas tienen nuestros nombres en ellas

Mekhi: O, si quieres, podemos ir a correr

Jaxon: No, gracias

Jaxon: Ayer hice un viaje de ida y vuelta corriendo para ver a la Sangradora

Mekhi: ¿Y...?

Jaxon: Y estoy cansado

Mekhi: En serio, tienes que dejarme entrar

Mekhi: Podrías haber cogido esa gripe vampírica

Mekhi: Tengo entendido que te reduce el tamaño de las pelotas como no tengas cuidado

Jaxon: Capullo

Mekhi: No, el capullo no, solo las pelotas

Mekhi: ¡Ajá! ¡He oído una carcajada al otro lado de la puerta!

Mekhi: Deja de comportarte como un crío llorica y abre la puerta

Jaxon: Recuérdame por qué somos amigos

Mekhi: Es obvio, por mi encanto y mi personalidad cautivadora

Jaxon: Y un cuerno

Jaxon: Vale

Jaxon: Ya voy

Jaxon: Más te vale estar preparado para levantar el doble de peso después de todo este drama

Mekhi: Habló el rey de los resoplidos dramáticos

Chat grupal aparte

Mekhi: El águila ha aterrizado

Mekhi: O, en este caso, se ha levantado y ha abierto la puerta

Liam: Ya era hora

Rafael: ¿Cómo lo has conseguido?

Mekhi: Le he dicho que tenía un virus que iba a encogerle los huevos

Liam: Un clásico

Luca: en serio, estoy deseando encontrar a mi compañero

Luca: ahora mismo estaría dispuesto a emparejarme con una estatua si tuviera alas

Rafael: ¿Verdad? Yo me contagiaría gustoso de ese virus encogepelotas a cambio de una pareja

Byron: Estar emparejado es una mierda

Mekhi: Tú siempre tan empático, B

V
LUCA GARCIA

Luca Garcia

P.: ¿Cuál es el mineral favorito de un vampiro?

Identidad paranormal: Vampiro y a mucha honra.

Rasgos favoritos: Tengo *piercings* en los dos pezones. ¡Me los hice yo mismo! Vale, no es verdad, pero sería la hostia que lo fuera.

Signo zodiacal: Aries.

Asignatura favorita del instituto Katmere: Cualquiera que imparta el señor White, en serio.

Lo mejor de vivir en Alaska: Me gustan los glaciares. A veces, cuando no puedo dormir, me desvanezco hasta la costa y paso un rato en un glaciar sin hacer nada. Me ayuda a despejar la cabeza.

Tus amigos te conocen sobre todo por aquella vez que...: Le robé a Flint los calzoncillos en segundo y los colgué de las almenas de la torre de Jaxon como si fueran una bandera.

***Snack* irresistible que tomar a media noche:** Un buen dragón...

Algo que siempre te haga reír: El modo en que la gente se comporta cuando Jaxon está delante. Huyen despavoridos o se quedan congelados como un ciervo ante los faros de un coche cada vez que entra en una habitación. Y él ni siquiera es consciente de su presencia, o del miedo que provoca, pero he de admitir que me hace gracia ver cómo tiemblan los de primero.

Si fueras un utensilio de cocina, serías...: Un colador, porque se me da bien separar las cosas, sobre todo las intensas.

El viaje de tus sueños: Me encantaría ir a Australia. Me pasaría el día haciendo submarinismo, paravelismo, saltando desde acantilados, yendo a ver ballenas y surfeando. Después me gustaría escuchar a la Orquesta Sinfónica de Sídney en la Ópera. Me regalaría una buena cena en alguna azotea bonita antes de volver a mi casita en la playa para relajarme un rato en el *jacuzzi*. Soñar es gratis.

Tu mayor temor: Que nunca me quiera nadie de la misma forma que yo a esa persona.

Un secreto que no quieres que nadie sepa: Quién me gusta. Me enamoré de él la primera vez que hablamos en segundo curso, y llevo coladito desde entonces. Si el resto de la Orden supiera lo mucho que me gusta ese tío, me harían la vida imposible.

Algo que te disguste especialmente: La gente que come con la boca abierta. (Esto, claro está, no sucede nunca con los vampiros, que son una panda de gente con clase.)

¿Qué haces cuando quieres relajarte?: Lee lo de los glaciares de antes. También escucho música clásica. Los violines tienen algo que me llega al alma.

R.: La vam-pirita.

Datos curiosos sobre Luca:

1. Fue el primer miembro de la Orden. Él y Jaxon son amigos desde secundaria.

2. Luca ha estado en más de cien conciertos.

3. Luca puede tocar casi cualquier instrumento.

4. Le encantan los parques de atracciones. La primera atracción en la que se monta siempre es la de las tazas.

Chat entre Luca y la Orden

Cronología: entre *Anhelo* y *Furia*

Luca: jaxon está encerrado en su cuarto otra vez

Mekhi: Menuda novedad

Luca: tenemos que hacer algo

Luca: no podemos dejar que se pudra ahí dentro

Byron: Saldrá cuando esté preparado

Rafael: Saldrá cuando quiera *verla*

Mekhi: Menos mal que Foster no permitió que se llevase la estatua a la torre como él quería

Mekhi: Entonces sí que ya no le veríamos el pelo

Rafael: Además de que da mucho yuyu

Luca: tenemos que sacarlo de ahí

Luca: no come nada ni va a clase

Mekhi: ¿Lo harías tú en su lugar?

Mekhi: Es su compañera, tío

Byron: Entiendo que esté desesperado por ayudarla. Yo estaría igual

Mekhi: Tú y todos

Luca: se pasa cada minuto leyendo libros raros sobre gárgolas

Rafael: La última vez que lo vi iba por la página 200 de los resultados de búsqueda de Google de «petrificación espontánea de novia»

Rafael: Hoy en día encuentras cualquier cosa en internet

Mekhi: Cualquier cosa menos una cura para lo que parece ser una gargolificación espontánea

Byron: Qué palabra tan horrible. No quiero volver a leerla en la vida

Rafael: Gargolificación

Mekhi: Gargolificación

Luca: relacionado con: relaciones de vampiros «¡¡¡Mi novia (17, G) se ha gargolificado!!! Contexto: La ex de mi (V) hermano (V) [lo maté, por cierto] intentó sacrificarla hace unas semanas, pero todo hasta entonces había ido bien. Creo que mi hermano ha tenido algo que ver con lo que le ha pasado, así que ahora mismo estoy acojonado. Agradecería cualquier consejo sobre cómo volver a transformar a una gárgola en humana o cómo aliviar un corazón solitario»

Byron: LUCA

Rafael: JAJAJA

Rafael: ¿¿¿Cómo has escrito eso tan rápido???

Luca: «EDITO: No he puesto mi edad porque sé que solo os fijaríais en eso. Sí, hay bastante diferencia de edad entre nosotros, pero es complicado, ¿vale? ¡¡¡Y eso no es relevante!!!»

Byron: ¡¡¡LUCA!!!

Luca: solo pretendía relajar el ambiente

Byron: ¿Mekhi?

Mekhi: ME PARTO

Mekhi: Lo siento, By, pero es que es buenísimo

Mekhi: Aunque si Jaxon se entera nos mata

Rafael: Ojos que no ven...

Byron: Añoro aquellos tiempos de paz antes de que Jaxon os metiera en la Orden, sinvergüenzas

Rafael: No es verdad

Luca: vale, vale

Luca: volviendo al tema

Luca: ¿cómo conseguimos que el conde drácula salga de su guarida?

Mekhi: Suena como el principio de uno de los chistes de Grace...

Byron: Tenemos que conseguir que vuelva, Mekhi

Byron: Moriría antes de dejar que algo le pase a la compañera de Jaxon

Rafael: Lo sabemos, By

Rafael: Y no dejaremos que lo hagas solo

Mekhi: Sí. En la Orden nos cubrimos las espaldas

Mekhi: Desde el primer día hasta el final

Luca: creo que tengo una idea de por dónde empezar a buscar

Rafael: ¿Tú?

Luca: oye, a veces pasa

Luca: anoche llamé a mis bisabuelos para ver si recordaban algo sobre las gárgolas

Luca: ya que ellos vivían antes de que desaparecieran y todo eso

Byron: ¿Y nos estás contando esto ahora por...?

Mekhi: ¿Hubo suerte?

Liam: Perdón, acabo de salir de Hemoquímica. Dadme un segundo que os lea

Luca: me dijeron que las gárgolas se transforman a voluntad, de modo que debería poder recuperar su forma en cualquier momento

Luca: a menos que algo se lo esté impidiendo

Rafael: Algo o *alguien*

Mekhi: Puto Hudson

Byron: Puto Hudson

Luca: puto hudson

Liam: Puto Hudson

Liam: Luca, como siempre, me parto contigo y vas a ir al infierno

Luca: nos haremos compañía <3

Liam: Bueno, ¿y cómo nos deshacemos de Hudson si está ahí con ella?

Luca: sobre eso no tienen ni puta idea

Liam: Pues eso es lo que tenemos que averiguar, entonces

Rafael: ¿Cómo neutralizar a lo que sea que esté ahí con ella impidiéndole volver a transformarse?

Liam: ¿Se lo has dicho a JV?

Luca: aún no

Luca: ¿no se obsesionará más todavía?

Byron: No sé si eso es posible

Mekhi: Eso es verdad

Luca: mi bisabuela me dijo que iba a hacer unas llamadas

Luca: para ver si alguno de sus amigos recuerda algo más

Liam: Mientras tanto...

Liam: ¿Cómo lo sacamos de ese cuarto dejado de la mano de Dios?

Byron: No podemos. Nada ha funcionado desde aquel día en que Mekhi lo consiguió

Mekhi: Ya, bueno, no pretendía mencionarla mientras hacíamos repeticiones

Luca: tranquilo, m

Mekhi: Necesitamos otro plan. Ya no le queda ni pizca de sentido del humor

Mekhi: Tiene que alimentarse y cuidar sus estudios y demás mierdas

Liam: Suena divertido

Liam: Decirle a JV que tiene que hacer los deberes

Rafael: ¿Quién va primero?

Mekhi: ...

Luca: ...

Byron: ...

Liam: ...

Rafael: Ya, me lo imaginaba

Mekhi: A tomar por culo

Mekhi: Me ofrezco como tributo

Liam: Creía que habíamos quedado en dejar 2012 atrás. Para toda la eternidad

Luca: deja soñar al chico

Luca: si esto fueran los juegos del hambre, quizá tendría una oportunidad

Mekhi: Vale. Pues ve tú entonces

Liam: Da igual

Mekhi: Eso pensaba

Mekhi: Yo me ocupo hoy

Mekhi: Si salgo con vida, uno de vosotros lo intentará mañana

Luca: ¿y si no?

Mekhi: Entonces supongo que tendréis que empezar hoy

BYRON LORD

Byron Lord

P.: ¿Por qué los vampiros no se alimentan de miembros de la realeza?

Identidad paranormal: Vampiro.

Rasgos favoritos: Tengo tatuado el nombre de mi compañera en el bíceps. Está escrito con su letra y todo. Los chicos solían vacilarme al respecto, pero dejaron de hacerlo cuando... ya sabéis.

Signo zodiacal: Escorpio.

Asignatura favorita del instituto Katmere: Literatura Paranormal. Leí la mayoría de los libros del plan de estudios cuando Viv y yo teníamos nuestro pequeño club de lectura de dos personas. Le encantaba saber con qué frecuencia usaba sus ideas en clase. Sobre todo aquellas que solía rebatirle.

Lo mejor de vivir en Alaska: La inmensidad. Es bastante bonito, ¿no? Ser conscientes de lo pequeños que somos. Hace que mis problemas parezcan algo más pequeños también.

Recuerdo favorito de la infancia: El día en que conocí a mi compañera. Se llamaba Vivian. En cuanto puso un pie en el aula supe que estábamos hechos el uno para el otro. Ella también lo supo. Fuimos inseparables desde ese momento hasta el día que murió.

Algo que siempre te haga reír: Leer mis viejas cartas de amor a Vivian. Pasé por una fase emo bastante insufrible en secundaria. No sé cómo me aguantaba, la verdad. Sus cartas eran siempre encantadoras y alegres, como ella (todo lo contrario a mí, para ser sincero).

Si fueras un utensilio de cocina, serías...: Una báscula, porque siempre me ocupo de mis asuntos de manera precisa y Orden-ada (los chicos dicen que no tengo sentido del humor, pero se equivocan; es evidente que me va un buen juego de palabras). Pero, si no los mantuviese a raya, hace años que esos delincuentes habrían volado por los aires.

Rituales matutinos: No duermo, así que la mañana no significa mucho para mí, la verdad. Ir a clase, supongo.

El viaje de tus sueños: Quiero ir a Villa Diodati, en Ginebra. Ahí es donde Mary Shelley escribió *Frankenstein*. También es donde John Polidori escribió *El vampiro*, encerrado con Byron y Shelley un fin de semana lluvioso de 1819. Puedes alquilar una habitación en la casa. Me gustaría pasar un verano allí, deambulando por las calles y escribiendo a placer. No hago demasiadas cosas a placer.

Tu mayor temor: Ya ha pasado.

Un secreto que no quieres que nadie sepa: Cómo me sentí al ver que Jaxon y Grace se enamoraban. Intenté que no se me notara (detesto que la gente me compadezca), pero haber perdido a Vivian todavía me duele tanto como el día que sucedió. Me alegro mucho por ambos, en serio. Pero es una tortura saber que ellos tienen por delante una eternidad... y yo solo recuerdos.

Algo que te disguste especialmente: Las ideas que se esfuman antes de que puedas escribirlas.

R.: Porque no les gusta la sangre azul.

Datos curiosos sobre Byron:

1. Como no duerme, dedica mucho tiempo a sus aficiones. Actualmente está aprendiendo a tejer. Ya ha hecho un gorro, una bufanda y unos mitones para Grace (es la única amiga que tiene frío).

2. Su estilo artístico favorito es el puntillismo.

3. Byron se sabe de memoria las treinta y ocho obras de Willian Shakespeare. Su favorita es *La fierecilla domada.*

Chat entre Byron y la Orden

Cronología: a la mitad de *Furia*

Byron: ¿Cómo ha ido?
Luca: ...
Luca: ha sido un gran error
Luca: ¿por qué me habéis hecho esta encerrona?
Luca: malditos traidores
Mekhi: Estabas triste
Luca: habría sobrevivido
Luca: ahora no estoy tan seguro
Byron: ¿Qué ha pasado?
Mekhi: ¿¿¿Ha dicho que no???
Luca: no ha dicho nada
Byron: ¿Nada?
Mekhi: ¡¿¡¿¡¿Nada?!?!?!
Luca: me miraba como si le estuviese hablando en élfico
Luca: y luego ha empezado a parlotear
Luca: sobre el entrenamiento para el ludares
Luca: y sobre el torneo
Luca: y al final se ha ido
Mekhi: ¿¿¿¿?????
Byron: Entonces no ha dicho que no
Luca: joder, ¿en serio, by?
Luca: cuando le pides salir a alguien

Luca: y ese alguien empieza a hablar de deporte
Luca: es un no
Mekhi: Está claro que le ha pillado por sorpresa
Luca: desde luego
Byron: Lo siento. Supongo que estoy desentrenado en estas lides
Luca: juegas sucio, lord
Luca: está claro que no está interesado. casi tropieza con sus propios pies gigantes de lo rápido que corría hacia la puerta
Luca: es muy obvio que nunca me ha visto de esa manera
Luca: obvio a niveles insultantes
Byron: Lo siento, hermano
Luca: ya
Luca: me voy a correr un rato
Mekhi: ¿Quieres que te acompañemos?
Luca: no
Mekhi: ¿Seguro?
Luca: sí
Luca: necesito regodearme en mi miseria
Luca: y luego lo superaré
Mekhi: Deberías pedirle salir a otra persona
Mekhi: Ya sabes lo que dicen...
Mekhi: La mejor manera de superar a un hombre es meterse debajo de otro
Luca: ya, no pienso hacer eso
Byron: Normal. Menudo consejo de mierda, Mekhi
Mekhi: ...
Mekhi: Oye, perdona, B, pero no es lo mismo. Ellos no son compañeros
Byron: No son compañeros *aún*

Luca: llevo años loco por él

Luca: no creo que se me vaya a pasar corriendo un par de horas

Byron: Mereces a alguien mejor que un tío que se escabulle a toda prisa

Luca: no lo ha hecho en plan capullo

Mekhi: ¿Solo le sale serlo de forma natural?

Byron: ¿Ha sido en plan cobarde, entonces?

Mekhi: ¿Esa no es una de esas *red flags* a las que tenemos que estar atentos?

Byron: Veo que sigues leyendo la *Cosmopolitan* antes de acostarte

Mekhi: ¡Tiene artículos buenos!

Byron: ¿Me prestarías un par de tacones bien cómodos? Es que tengo que pisotear a un dragón después de clase

Luca: a ver, no ha dicho nada borde

Mekhi: Por lo que nos has contado, no ha dicho nada de nada

Byron: A excepción del tema de los deportes. Cosa que, al parecer, no suena a afirmación

Mekhi: Así que, que le den por el culo

Byron: Sí, que le den

Luca: eso es justo lo que yo pretendía hacer

Byron: JAJAJA

Mekhi: Zorrón

Mekhi: JAJAJA

Luca: bueno, me voy a correr

Byron: Muy bien

Mekhi: Tal vez a tu regreso te espere una horda de solteros entre los que elegir

Luca: tío, nooooo

Mekhi: Venga, no será tan malo

Byron: Sí, tiene razón. Si no es tu compañero, puede que M esté en lo cierto

Mekhi: Mira, Byron está de acuerdo con uno de nuestros planes por primera vez en... puede que en la vida

Mekhi: Si lo rechazas ahora, jamás volverá a unirse a nosotros

Byron: No soy un gato callejero

Luca: eso es bastante persuasivo, pero ni de coña

Luca: y nada de listas

Mekhi: ¿Ni siquiera una cortita?

Luca: NADA DE LISTAS

Mekhi: Vale

Mekhi: Nos vamos a pasar el próximo par de horas persiguiéndolo

Mekhi: ¡Y vamos a darle una paliza!

Luca: dejadlo en paz

Byron: Que disfrutes corriendo

Luca: tíos

Luca: no

Luca: en serio

Luca: ¿hola?

Luca: que os den a los dos

Luca: vale, haz la puta lista

Mekhi: :D

RAFAEL TULOK

Rafael Tulok

P.: ¿Por qué los vampiros chupan y se piran?

Identidad paranormal: Vampiro.
Signo zodiacal: Piscis.
Tus amigos te llaman: Rafa.
Rasgos favoritos: Tengo marcas de garras por la espalda, recuerdo de una pelea con un lobo en preescolar. Fue mi primera pelea en la que hubo sangre. Deberíais ver al otro tipo. (No, en serio, tendríais que verlo. Estudia aquí. Intentamos pelearnos cada par de meses o así. Debería llamarlo.)
Lo mejor del instituto Katmere: Me gusta bastante el castillo. Tiene como un millón de habitaciones diferentes. Llevo explorando este lugar desde antes de que me salieran los colmillos y todavía me faltan rincones por descubrir.
Asignatura favorita del instituto Katmere: Historia Universal de los Procesos por Brujería. Esa asignatura era una locura, pero fascinante.
Lo peor de vivir en Alaska: En Alaska el sol no llega a ponerse del todo en verano, y eso hace que sea complicado beber sangre humana. No es que no podamos pasar

sin ella, pero la sangre animal es bastante insípida. La de oso es mi favorita.

Tus amigos te conocen sobre todo por aquella vez que...: Me entregaron una moto en el Katmere por helicóptero. Foster se cabreó bastante, pero sin duda mereció la pena. Además, hago mi agosto vendiendo *snacks* que traigo del pueblo.

Tu mayor temor: A las serpientes.

Si el Katmere tuviese un anuario, ¿qué voto te daría la gente?: Al que más probabilidades tiene de triunfar, como es obvio.

Algo que te disguste especialmente: El aliento a sangre. En plan, cepíllate los colmillos, tío.

Objeto favorito que posees: Las llaves de mi moto.

¿Qué haces cuando quieres relajarte?: Voy a dar una vuelta en moto por el pueblo.

R.: Porque son vam-piros.

Datos curiosos sobre Rafael:

1. No conoce ningún juego de cartas que no le guste (o al que no gane). La Orden canceló oficialmente la noche de póquer cuando la añadió a la fuente de ingresos mensuales en su presupuesto.

2. A Rafael se le da de miedo el dinero. Lo cual resulta bastante útil, ya que su familia es de origen humilde (al menos hasta que Rafael empezó a invertir en el mercado de valores con diez años usando la cuenta *online* de su padre). Ahora están forrados.

3. Rafael construyó su primera moto cuando tenía quince años. Su madre y él se pasaron todo el verano trabajando en ella.

Chat entre Rafael y Grace

Cronología: al principio de *Furia*

Rafael: ¡Has vuelto!
Grace: En carne y hueso
Rafael: Muy buena
Rafael: Bienvenida de nuevo al mundo de los vivos
Grace: Uf. No me gafes
Rafael: ¿Cómo te encuentras?
Grace: Rara
Grace: Físicamente estoy bien, pero no termino de asimilar que hayan pasado casi cuatro meses
Rafael: ¿No eras consciente del paso del tiempo?
Grace: No
Grace: Para mí no había pasado ni un minuto
Grace: Es como si hubiese parpadeado y me hubiese despertado en un tiempo distinto
Rafael: Qué locura
Rafael: Igual fue eso lo que ocurrió
Rafael: Igual te abdujeron los viajeros del tiempo y te cambiaron por otra Grace
Grace: Ay, no
Grace: ¿Soy la persona que alguien querría matar si puciese volver atrás en el tiempo y matar a alguien?
Rafael: Sigues viva, ¿no?

Rafael: Piensa en positivo. Puede que tengas un destino épico e interdimensional que cumplir
Grace: No sé, eso suena a mucho trabajo
Grace: Creo que voy a intentar de nuevo lo de la piedra
Grace: A ver si se cancelan las dos cosas
Rafael: No deberías
Grace: Ya lo sé, Rafa
Rafael: Me refiero a que DE VERDAD no debes
Rafael: No creo que Jaxon sobreviviera
Grace: ¿A qué te refieres?
Grace: ¿Y por qué tiene ese aspecto tan deplorable?
Grace: No me dice nada...
Rafael: Dejó de beber, dejó de comer, dejó de ir a clase
Rafael: Lo único que hacía era buscar la manera de traerte de vuelta
Rafael: Lo ha pasado fatal
Rafael: Incluso fue a pedirle ayuda a Cyrus
Grace: ¿A su padre?
Rafael: Sí
Grace: No sé mucho sobre él
Rafael: Mejor. Es un hijo de puta de cuidado
Rafael: Si existe el diablo, apuesto hasta mi último dólar a que reside en Cyrus
Rafael: Fue una idea pésima que Jaxon acudiese a él
Rafael: A un hombre como ese no debes mostrarle tus debilidades
Grace: ¿Yo soy su debilidad?
Rafael: Sí. Tú eres el punto débil de Jaxon
Rafael: Y ahora Cyrus lo sabe
Rafael: Lo que significa que va a usarlo en su contra
Grace: ¿Su propio padre?

Rafael: La familia no significa nada para ese cabrón

Rafael: No cuando amenaza su poder

Rafael: Jaxon ya era un adversario poderoso, y ahora tiene a una gárgola de su lado

Rafael: Cyrus no pasará eso por alto

Grace: Entonces ¿¿¿por qué dejasteis que fuera???

Rafael: No habríamos podido detenerlo

Grace: Típico de Jaxon

Grace: ¿Qué puedo hacer?

Grace: Para protegerlo

Rafael: Mantenerte a salvo

Rafael: No te transformes en piedra

Rafael: Y no te acerques a Cyrus, intente las artimañas que intente

Grace: Vaya, hombre, y yo que pensaba ir a tomar un *brunch* a la Corte Vampírica y todo

Rafael: No te preocupes

Rafael: Si tiene mucha curiosidad, vendrá él a ti

Grace: ¿Por qué?

Rafael: Porque eres una pieza desconocida en el tablero

Rafael: Y estás del lado de Jaxon, no del suyo

Grace: ¡Jaxon es mi compañero!

Rafael: Otro golpe contra vosotros dos

Grace: ¿Por qué no me ha contado él nada de esto?

Rafael: Acaba de recuperarte. Apuesto a que cree que, si te lo cuenta, te asustarás y volverás a desaparecer

Grace: Creo que tienes un problema con el juego

Rafael: Además, quiere protegerte

Rafael: Y, conociendo a Jaxon, piensa hacerlo solo

Grace: Cosa que no dejaremos que pase

Rafael: Por supuesto que no. Pero no podremos ayudarle si antes muere por falta de sueño

Grace: «Así que no lo pongas en esa posición», ¿es eso lo que quieres decir?

Rafael: Sí

Grace: Gracias por contármelo, Rafael

Rafael: Alguien tenía que hacerlo

Grace: Sí, aunque ojalá lo hubiese hecho Jaxon

Rafael: Solo quiere protegerte

Grace: Pero yo también quiero protegerlo a él

Rafael: Y yo

LIAM O'HALLORAN

Liam O'Halloran

P.: ¿Dónde guardan los vampiros sus ahorros?

Identidad paranormal: Vampiro.

Signo zodiacal: Tauro.

Rasgos favoritos: Me gustan mis ojos.

Lo mejor de vivir en Alaska: La naturaleza. Es más fácil entender a los animales que a la mayoría de las personas. Excepto a los mapaches. A esos bichos no los entiendo para nada.

Tus amigos te conocen sobre todo por aquella vez que...: Me atacó (sin provocación previa y de forma brutal) un mapache salvaje. Le pedí a Jaxon que me llevase a Anchorage para que me pusieran la vacuna de la rabia. No sé si los vampiros pueden tener rabia, pero no tenía intención de averiguarlo.

Algo que siempre haga reír a tus amigos: Esa maldita historia del mapache.

Bebida matutina favorita: B+ en mi taza de *Star Trek*.

Tu mayor temor: Que mis mascotas se me coman cuando muera. No puedo explicarlo, pero es algo que me angustia.

¿Qué haces cuando quieres relajarte?: Imagino que estoy

en cualquier lugar menos encerrado en un internado en Alaska.

Si el Katmere tuviese un anuario, ¿qué voto te daría la gente?: Al que más probabilidades tiene de morir atacado por un animal salvaje.

Algo que la mayoría no sabe sobre ti: Tengo un ajolote de mascota. Se llama Peeve, que significa «fastidio», porque siempre parece estar molesto. Peeve no me comería, tiene los dientes demasiado pequeños.

Algo que solo sabe tu mejor amigo/a: Una dragona me rompió el corazón en segundo. Estaba loquito por ella, pero se fue a su casa por Navidad y conoció a su compañero. Ni siquiera se molestó en romper conmigo. Simplemente se olvidó de mí. Solo la Orden sabe que me pasé toda la ruptura encerrado en mi cuarto viendo comedias románticas navideñas. A veces incluso me hacían compañía.

Un secreto que no quieres que nadie sepa: Cyrus está pagando mis estudios en el Katmere para que pueda estar con Jaxon y la Orden. Mi familia pasa apuros económicos y, de lo contrario, tendría que dejar a mi mejor amigo.

Objeto favorito que posees: Un antiguo anillo de graduación del instituto Katmere que pertenecía a mi padre. Nunca me lo quito.

R.: En el banco de sangre.

Datos curiosos sobre Liam:

1. A Liam le flipan las deportivas. Tiene más de un centenar de Nike y Adidas *vintage*. Sus favoritas son un par de Air Jordan.

2. Liam ha renunciado a las relaciones románticas de por vida. ¿Qué sentido tiene salir con alguien si podría encontrar a su compañero o compañera al día siguiente y dejarte tirado?

3. Liam tiene fama de curar a los animales heridos que encuentra en los alrededores del Katmere. Cada dos por tres alguien le lleva una caja de zapatos y prácticamente desaparece para ir a ocuparse de la criatura que vaya dentro.

Chat entre Liam y Mekhi

Cronología: tras el capítulo 97 de *Furia*

Liam: Voy al pueblo. ¿Quieres algo?
Mekhi: No, gracias, estoy bien
Liam: Un lobo casi te destripa
Liam: ¿Cómo vas a estar bien?
Mekhi: Grace se ha encargado de reparar casi todo eso
Liam: Pero sigues postrado en la cama
Liam: Así que, ¿qué necesitas?
Mekhi: Nada, en serio
Liam: Vale, pues te traeré unas zapatillas de estar por casa de conejitos
Mekhi: Prefiero unas de mapaches
Liam: Ja. Ja. Ja
Liam: Pues ahora no te traigo nada
Mekhi: Esa no es forma de tratar a un viejo amigo convaleciente
Liam: Luego... admites que no estás bien
Mekhi: Mierda
Liam: En serio, ¿quieres algo del pueblo o no?
Mekhi: Vaaaaaale
Mekhi: Tráeme una de esas mantas eléctricas que llevan siempre encima las brujas en invierno
Mekhi: Creo que las venden en la ferretería

Liam: Menudo depredador de sangre fría estás hecho

Mekhi: Ay, quién fuera un lagarto

Mekhi: Tomando el sol sobre una roca

Mekhi: Ajeno a la existencia de los paranormales y de sus letales juegos políticos

Liam: Visto así...

Liam: Compraré dos

XAVIER WELLINGTON

Xavier Wellington

P.: ¿Qué le dice un lobo inglés a otro?

Identidad paranormal: Lobo.

Signo zodiacal: Géminis.

Rasgo favorito: ¿Te refieres a además de ser un lobo?

Parte favorita del instituto Katmere: Pasar el rato con mi manada.

Asignatura favorita del instituto Katmere: Astronomía Lunar.

Lo mejor de vivir en Alaska: El bosque. Puedo correr en cualquier dirección durante horas. Es el paraíso.

Recuerdo favorito de la infancia: La primera vez que me transformé. Estábamos en el parque y mi madre estaba desesperada intentando volver a vestirme. Pero yo estaba tan emocionado por poder cambiar que no paré, lo hice una y otra vez hasta que me desmayé de cansancio en la hierba. Por desgracia, me costó mucho pillarle el truco a lo de cambiar con la ropa puesta.

Algo que siempre te haga reír: Macy tiene pegatinas mágicas en el portátil que cambian todas las semanas. Nos sentamos el uno enfrente del otro en Literatura Paranormal, así que me paso toda la clase de los lunes leyéndolas. Intento disimular, pero creo que me ha pillado. Esta semana lleva una pegatina con forma de luna llena en la que pone «hay luna llena y el cuerpo lo sabe» en el centro.

Si fueras un utensilio de cocina, serías...: Esos palillos de plástico que les dan a los niños que están conectados por la parte de arriba. Puede que no sea el líder de la manada, pero me alegra sentirme integrado.

Rituales matutinos: Apuro las horas de sueño al máximo, salgo de la cama rodando y me pongo al día con el chat de grupo de la manada. (Madrugadores. Uf...) Después voy a por comida en forma de lobo o humano, según me apetezca ese día.

Bebida matutina favorita: Me encantan las bebidas energéticas, mi favorita es el Monster de sabor Mango Loco.

El viaje de tus sueños: A Bilbao, España, para surfear, patearme la ciudad y la zona de museos. Además, tiene un montón de sitios guais en los que puede salir a correr mi lobo.

Tu mayor temor: Que los espíritus de todos los conejos que he cazado se alíen y busquen venganza.

Una primera cita de ensueño sería: Pasear por el centro de Anchorage en primavera. Parar a comer algo rico y ver el festival de arte callejero. Después ir a por helado. Se puede saber mucho de una persona por el tipo de helado que pide.

Un secreto que no quieres que nadie sepa: Cuando era pequeño quería ser mago, porque me habría encantado poder hacer magia.

Comida favorita: Un bol de cereales, da igual la hora que sea. Preferiblemente Froot Loops o Cinnamon Toast

Crunch. Mi comida favorita NO es el conejo. Por si nos está escuchando algún fantasma.

Algo que te disguste especialmente: La gente que se cree más lista que nadie. Espabila y sé mejor persona, colega.

En tu boletín de notas pondría: Se lleva bien con los demás, habla demasiado y necesita mejorar en Mates.

Algo que solo sabe tu mejor amigo/a: Dejé mi antigua manada porque había algo... que no me acababa de gustar. Ahora que estoy en el Katmere empiezo a cuestionarme que no fuesen solo ellos. Estos lobos también se comportan de forma sospechosa.

Objeto favorito que posees: Una reliquia familiar; es un anillo de feldespato que me dio mi bisabuela para la persona con la que cree un vínculo de compañeros en el futuro.

¿Cuándo te sale la vena competitiva?: Cuando me enfrento a Mekhi en el *Words With Friends*.

R.: *I lobo you*

Datos curiosos sobre Xavier:

1. Cuando vivía en Los Ángeles a veces los cazatalentos le ofrecían trabajo como modelo, pero siempre lo rechazaba.

2. Celebró la fiesta de su decimoprimer cumpleaños en una fábrica de helados.

3. Casi todos los calzoncillos que tiene son de superhéroes: Iron Man, Hulk, Capitán América... lo que se te ocurra. Su padre lleva regalándole un pack nuevo todas las Navidades desde que tiene uso de razón.

Chat entre Xavier y Flint

Cronología: entre los capítulos 63 y 64 de *Furia*

Flint: ¿Qué tal vas, tío?

Xavier: Quién eres

Flint: Flint

Xavier: ¿Y eso?

Flint: Es que estoy juntando un equipo para el Ludares

Flint: ¿Te apuntas?

Xavier: Eh...

Xavier: ¿Te han dicho que no todos los dragones?

Flint: Solo se lo he pedido a una, para tu información

Flint: Y me ha dicho que sí

Xavier: Interesante

Xavier: ¿Y esto a qué viene? ¿Es un experimento social?

Xavier: ¿Un proyecto benéfico?

Flint: ¿Has oído hablar de la Exposición Canina de Westminster?

Xavier: ¿Que si he oído hablar?

Xavier: Tengo una caja llena de escarapelas azules en mi habitación

Flint: Sabía que había tomado la decisión correcta

Flint: Venga, únete a mi equipo

Flint: Te llevarás de lujo con el resto

Xavier: ¿Y por qué yo?

Flint: Porque necesito como mínimo un lobo

Flint: Y eres el único de este instituto que parece una persona decente

Xavier: Me ofendería...

Xavier: Pero no andas desencaminado

Flint: Entonces ¿cuento contigo?

Flint: Campo de entrenamiento, mañana por la mañana

Flint: Te presentaré a todo el mundo

Xavier: ¿Llevo algo?

Flint: Con tu alegría basta

Xavier: Eso dalo por hecho

Flint: Pues entonces todo guay

Dos horas después...

Xavier: Oye, que se me ha olvidado

Xavier: Gracias por pedírmelo

Xavier: No es que haya hecho muchos amigos por aquí

Flint: Por alguna parte hay que empezar

Flint: Te caerá bien el resto del equipo

Flint: Son gente guay

Xavier: Hasta mañana

Flint: Chao

GWEN ZHOU

Gwen Zhou

P.: ¿Qué dice una bruja al perder?

Identidad paranormal: Bruja.
Signo zodiacal: Virgo.
Rasgos favoritos: ¡Los brazos! Los tengo muy fuertes de tanto remover los calderos.
Lo mejor del instituto Katmere: El entorno social. Hay un montón de gente muy guay por aquí.
Asignatura favorita del instituto Katmere: Alquímica. Soy una auténtica perfeccionista de las pociones.
Lo peor de vivir en Alaska: Apenas tengo cobertura. Estoy empezando a pensar que alguien ha embrujado mi móvil.
Tus amigos te conocen sobre todo por aquella vez que...: Mis amigos y yo encantamos todas las pociones en el aula de la señorita Veronique para que hicieran lo contrario a lo que se suponía que tenían que hacer. A media clase de su primera hora de la mañana estaba ya tan frustrada que les dio el día libre a todos sus alumnos.
Algo que siempre te haga reír: Macy y yo tenemos una larga competición de poemillas guarros jocosos. Todos los lunes por la mañana empezamos el día intercambiando uno nuevo.

Momento más vergonzoso: Cuando la doctora Veracruz oyó que mi teléfono sonaba y leyó mi poemilla delante de toda la clase...

Si fueras un utensilio de cocina, serías...: Una cuchara de madera, porque puede que no sea el miembro más fascinante del grupo, pero todo el mundo prefiere tenerme cerca. ¡Sobre todo a la hora de preparar algo de repostería!

El viaje de tus sueños: Me encantaría viajar a todas las capitales de la magia. Los tres ejes de la magia blanca son Acra, en Ghana; Shanghái, en China, y Turín, en Italia; mientras que los ejes de la magia negra son Praga, en la República Checa; Turín, en Italia, y Buenos Aires, en Argentina. Me encantaría explorar la magia antigua en todas esas ciudades mientras me esfuerzo en perfeccionar la mía propia.

Una primera cita ideal sería...: Yendo a los bolos y a comer hamburguesas veganas. Creo que es divertido empezar sin mucha presión, tener algo que hacer aparte de intentar entablar una conversación incómoda.

Comida favorita: ¡Patatas tornado!

Si el Katmere tuviese un anuario, ¿qué voto te daría la gente?: La más organizada.

En los comentarios de tu boletín de notas podría poner...: Sobresaliente en Pociones, buena en Hechizos, habla demasiado.

Algo que solo sabe tu mejor amigo/a: Llevo toda la vida colgada de Rafael, pero me da pánico hacer nada al respecto.

Objeto favorito que posees: Una varita que lleva cinco generaciones en mi familia.

R.: Más suerte a la pócima.

Datos curiosos sobre Gwen:

1. Gwen es la campeona del Conecta Cuatro de su planta de dormitorios.

2. A Gwen le encanta ver K-dramas y leer un montón de *fan fiction*.

3. A Gwen también le gusta jugar al tenis mágico (que, básicamente, es tenis, pero usas un hechizo para mandar la pelota hacia un lado o hacia el otro).

Chat entre Gwen y Mekhi

Cronología: al final de *Furia*

Mekhi: Hola
Mekhi: Gracias por lo de antes
Mekhi: Me has salvado el culo con esos guardias
Gwen: No hay nada que agradecer
Gwen: Tú habrías hecho lo mismo por mí
Mekhi: Por supuesto
Mekhi: Pero aun así, gracias
Gwen: De nada
Gwen: ;-)
Gwen: ¿Necesitas algo?
Mekhi: ¿Por qué todo el mundo me pregunta lo mismo?
Mekhi: ¡¡¡No me estoy muriendo!!!
Gwen: Perdóóón
Gwen: No pretendía molestarte
Gwen: Solo estamos preocupados por ti
Mekhi: No, lo siento yo
Mekhi: Yo también estoy preocupado por vosotros
Mekhi: Y eso me está volviendo un auténtico capullo
Gwen: Entiendo cómo te sientes
Gwen: Yo estoy que me subo por las paredes también
Mekhi: Ojalá supiera qué está ocurriendo
Mekhi: Me estoy volviendo loco

Gwen: Si quieres me paso por ahí
Gwen: Así esperamos juntos
Mekhi: ...
Mekhi: ...
Mekhi: Sí
Mekhi: Sería genial que te pasaras por aquí
Gwen: ¿En serio?
Gwen: Quiero decir, ¡genial!
Gwen: Pues me paso antes por el comedor y te llevo algo de sangre
Gwen: No tardaré
Mekhi: Voy a buscar una peli
Mekhi: ¿Hay algo que te apetezca ver?
Gwen: Sorpréndeme
Mekhi: Nunca le digas eso a un vampiro
Gwen: Confío en ti
Mekhi: Eso tampoco se lo digas ;-)
Gwen: Respecto a la película
Gwen: Confío en ti respecto a la película
Mekhi: ¡Au! Ahora quieres herir mis sentimientos
Gwen: Sigue atormentándome y te heriré algo más que los sentimientos
Mekhi: Genial
Mekhi: Me gustan las chicas que no temen recurrir a las amenazas para conseguir lo que quieren
Gwen: Lo tendré en cuenta
Gwen: Nos vemos dentro de diez minutos
Mekhi: Espero ansioso

HUDSON VEGA

Hudson Vega

P.: ¿Por qué los vampiros siempre van de punta en blanco?

Identidad paranormal: Vampiro.
Signo zodiacal: Escorpio.
Rasgo favorito: Mi maravillosa personalidad, por supuesto.
Parte favorita del instituto Katmere: Grace.
Asignatura favorita del instituto Katmere: Pensamiento Inmortal. Es una asignatura filosófica sobre la naturaleza de la mortalidad. Tras varios cientos de años, la gente suele caer en un bache.
Lo peor de vivir en Alaska: Odio la nieve. La detesto.
Recuerdo favorito de la infancia: Una vez, Jaxon y yo estábamos jugando juntos (antes de que se lo llevaran) y entramos en el despacho de nuestro padre mientras no estaba. Tenía un tablero enorme en medio de la estancia con miniaturas de los distintos paranormales; ahora sé que era su mesa de guerra, pero por aquel entonces no teníamos ni idea. Jaxon y yo tuvimos una batalla épica con las miniaturas que duró horas (aunque odio pensar que somos astillas de tal palo), que diezmó las

piezas del tablero y acabó con nosotros firmando un tratado de paz la mar de complicado; cosa que nunca haría Cyrus, claro está. Recuerdo que fue el día que más me divertí en ese agujero infernal.

Algo que siempre te haga reír: Que Grace atraviese los portales lanzándose de cabeza. Desde luego tengo que enseñarle una forma más sencilla de hacerlo.

Si fueras un utensilio de cocina, serías...: Un cuchillo, porque se me da de maravilla cortar las gilipolleces por lo sano.

El viaje de tus sueños: A cualquier parte que no sea la Corte Vampírica.

Tu mayor temor: Perder a Grace.

Un secreto que no quieres que nadie sepa: Tengo demasiados secretos para escoger solo uno. La forma en la que conseguí mis poderes. Por qué no puedo contarle a Grace lo que pasamos mientras estuvimos congelados juntos. Lo que me sucedió en realidad cuando Jaxon intentó matarme. Ah, y la razón por la que jamás de los jamases volveré a ver *Serpientes en el avión*. Grace sabe lo que hizo.

Si el Katmere tuviese un anuario, ¿qué voto te daría la gente?: El que tiene más probabilidades de destruir el instituto.

¿Qué haces cuando quieres relajarte?: Normalmente paso tiempo yo solo. Me pongo una lista de reproducción de rock del duro, lanzo hachas hasta que no puedo ni mover los brazos y después leo en la cama para desconectar.

Algo que solo sabe tu mejor amigo/a: Grace no se acuerda de esto, pero una vez le conté cómo funcionaban mis habilidades y me hizo jurarle que no las volvería a usar nunca más. Es la única vez que no he cumplido con algo que le he prometido.

Tu noche de ensueño en la ciudad: Me encantaría viajar con Grace a Londres, llevarla a un restaurante caro y a ver un espectáculo, algo gracioso que la haga reír, porque me encanta la forma en la que me mira cuando quiere compartir un chiste conmigo: le brillan los ojos y se le dibuja una enorme sonrisa en el rostro. Después la llevaría a dar un largo paseo por el Támesis, por la zona del puente Hammersmith, porque está mucho menos concurrida que el lugar por donde los turistas suelen recorrer el río. Acabaría la noche yendo de *pub* en *pub*. Visitaríamos tres o cuatro de mis *pubs* paranormales favoritos, nos sentaríamos al fondo de cada uno con un libro reconfortante y pasaríamos el resto de la noche charlando y observando a la gente.

En tu boletín de notas pondría: Por encima de la media, no se integra bien con los demás.

R.: ¡Porque llevan el estilo en las venas!

Datos curiosos sobre Hudson:

1. Cuando era pequeño se hizo amigo del hijo de un guardia de la Corte Vampírica y este lo invitó a cenar una noche. Toda su casa estaba decorada como el catálogo de una tienda cara, tenía fotos familiares colgadas de las paredes blancas que relataban su vida juntos, y él prometió que algún día iba a tener una casa igualita que esa. Después de aquella noche no volvió a ver a esa persona, pero no ha renunciado a su sueño.

2. Prefiere llevar vaqueros que pantalones de vestir, pero se hartó de escuchar a Cyrus quejándose de la «imagen que tiene que dar la realeza».

3. Le encantaba tallar esculturas, pero no ha hecho nada más después del caballito que creó para Jaxon.

Chat entre Hudson y Grace

Cronología:
una semana antes de que empiece *Ansia*

Hudson: ¿Viste el episodio de anoche?
Hudson: Soy Hudson, por cierto
Grace: Ya sé quién eres, tonto
Grace: Nieva. Un. Montón
Hudson: Estaba pensando en ir a dar una vuelta
Hudson: ...
Hudson: ...
Hudson: ¿Te apetece venir conmigo?
Grace: ¿Por la nieve?
Grace: No, gracias. Me gusta pasar los findes calentita
Grace: Y además tengo que ponerme con el proyecto de Arte
Hudson: ¿El cuadro?
Grace: Sí
Hudson: ...
Hudson: Han sacado un documental de arte en Netflix que parece muy interesante
Grace: ¿El de arte abstracto?
Hudson: Ese
Grace: Lo vi anoche
Grace: Estuvo muy guay
Hudson: ...

Hudson: ...

Hudson: ...

Hudson: ...

Hudson: ¿Y qué me dices de la nueva retrospectiva de One Direction?

Grace: ¿Qué le pasa?

Hudson: Que podríamos verla

Grace: ¿¿¿¿¿¿Te gusta One Direction??????

Hudson: A ver

Hudson: A ti te gustan

Grace: ¿Cómo lo sabes?

Grace: Ah, sí. Por lo de antes

Grace: Le he prometido a Macy que vería la retrospectiva con ella mañana

Hudson: ...

Hudson: ...

Hudson: ...

Hudson: ¿Y qué te parece comer juntos? Podríamos quedar sobre las 12

Grace: Pensaba que el plan era vernos todos en el comedor a las 13.30

Hudson: Y lo es

Grace: Entonceeees... ¿Por qué íbamos a quedar nosotros a las 12?

Hudson: ¿De verdad estás así de espesa o es que me estás dando largas?

Grace: ¿?

Hudson: Esperaba poder quedar contigo a solas un rato

Grace: Ah

Grace: ...

Grace: ...

Grace: ...
Grace: Voy a la biblioteca después de comer
Grace: ¿Te apuntas?
Hudson: Debería tener amor propio y decir que no
Hudson: Pero no lo tengo
Grace: Entonces ¿es que sí?
Hudson: Es que sí
Grace: Guay
Grace: Te veo a la hora de comer
Hudson: Sí. Hasta luego

EDEN SEONG

Eden Seong

P.: ¿A qué concurso se presentaría un dragón?

Identidad paranormal: Una dragona molona.
Signo zodiacal: Capricornio.
Rasgo favorito: Mis alas, obvio.
Asignatura favorita del instituto Katmere: Historia Antigua de los Dragones. Los dos años que di molaron un montón. Me flipa siempre lo geniales que fueron los grandes guerreros dragón.
Lo que menos te gusta de vivir en Alaska: No me entusiasma lo de estar apartada de todo. Prefiero de lejos las calles abarrotadas de Nueva York. Allí siempre hay algo que hacer, y todo el mundo aprecia mi gusto por la moda. Como tiene que ser.
Tus amigos te conocen sobre todo por aquella vez que...: Encerré a Cole, Quinn y Marc en una fortaleza de hielo tan alta que no podían escapar de un salto. Se habían estado metiendo con un par de dragones novatos, y se me ocurrió que podrían probar un poco de su propia medicina. ¿Cómo iba yo a saber que estarían allí dos horas antes de que pasara alguien que los apreciara lo suficiente para ayudarlos a salir?

Recuerdo favorito de la infancia: Antes de fallecer, un domingo mis padres me llevaron a Coney Island. Nos pasamos el día en el parque de atracciones Luna Park, montándonos en un montón de atracciones. Mi padre y yo nos comimos tantos perritos calientes que casi vomitamos al lado de la noria, pero nos lo pasamos tan bien que nos dio igual. (Mi madre hacía como que le molestaba, pero se tronchaba con nosotros.)

***Snack* irresistible que tomar a media noche:** Soy una chica de patatas fritas y salsa, cuanto más picante, mejor.

Algo que siempre te haga reír: Los memes surrealistas. No sé explicar lo que son, pero cuando te topas con uno, lo sabes.

Si fueras un utensilio de cocina, serías...: Un abrelatas. Soy dura, cortante y puedo sacarte de casi cualquier situación.

Bebida matutina favorita: Café solo, siempre.

El viaje de tus sueños: Me encantaría viajar a Egipto. (Lo sé, la obsesión por la egiptología de la juventud *queer* ataca de nuevo.) Quiero ver la Gran Pirámide, el Valle de los Reyes y, sobre todo, el templo funerario de Hatshepsut (es uno de mis personajes históricos favoritos, aunque fuese la reina del territorio lobuno). También quiero sobrevolar todo el Nilo, y pasarme por los desiertos, las montañas, los pueblos y las ciudades que vea. Me muero de ganas de visitar Egipto desde que lo di en Historia Antigua de los Dragones. Lo petamos un montón en el año 5.000 a. C.; ayudamos a construir Mesopotamia y a desarrollar los primeros mapas y las matemáticas, y al final emigramos al oeste y fundamos la primera Corte Dragontina oficial en lo que ahora es la ciudad de Lúxor. En Egipto hay un montón de historia sobre los dragones, y quiero verlo todo con mis propios ojos.

Tu mayor temor: No ser lo suficientemente rápida. Perder a mis padres me enseñó lo deprisa que te pueden arrebatar a tus seres queridos. Me prometí que siempre llegaría a tiempo para salvar a mis amigos, pero me aterra fallar algún día.

Una primera cita de ensueño sería...: ¿La chica en cuestión se vendría a Egipto conmigo? Para conocer a una persona no hay nada mejor que ver cómo vuela (en su forma dragontina, desde luego, pero me suena que también se puede aplicar a humanos).

Un secreto que no quieres que nadie sepa: Veo un montonazo de dibujos animados. Bastante estrés tengo ya sin contar los problemas de los personajes ficticios. A veces una solo quiere relajarse y ver a las chicas hacer su magia, ¿me entiendes? No me avergüenza, pero es algo que me llevaré a la tumba. Me he currado mucho mi pedazo de reputación como para dejar que Disney+ me la hunda.

Si el Katmere tuviese un anuario, ¿qué voto te daría la gente?: A la que más probabilidades tiene de ganar una pelea.

Algo que te disguste especialmente: La gente que se cree que soy débil por ser una chica.

En tu boletín de notas pondría: Se le da bien resolver problemas, discrepa con la autoridad.

Algo que solo sabe tu mejor amigo/a: Que, después de la graduación, me uniré a la Guardia Dragón. Es mi sueño desde que mi padre me llevó por primera vez a la Corte cuando era pequeña.

Objeto favorito que posees: Un álbum de recortes que hizo mi madre cuando yo era pequeña. A veces lo hojeo para recordar cómo eran mis padres y la vida que teníamos.

R.: A *Mira quién vuela*

Datos curiosos sobre Eden:

1. Lleva cinco *piercings* en una oreja y siete en la otra. Además, tiene una buena colección de anillos y pulseras.

2. Le chiflan los gatos. Hasta consiguió un permiso especial para llevarse al gato de su familia al instituto.

3. El gato se llama Sapo y es grande, naranja y bien regordete, como tendría que ser cualquier gato.

Chat entre Eden y el resto del grupo

Cronología: entre los capítulos 149 y 150 de *Ansia*

Macy: Tenemos que ir a Nueva Orleans

Eden: ¿Estás segura de que están ahí?

Macy: Se lo he preguntado a mi padre y él me ha dicho que sí

Macy: Tienen que estar en la Aethereum

Macy: Es la única opción lógica

Jaxon: Ya, a mi padre no le va lo de la diplomacia

Jaxon: A no ser que sea del rollo «camina sin hacer ruido y llévate a la Guardia Vampírica»

Mekhi: Sí, eso le pega mucho

Eden: No me lo vais a tener que repetir

Eden: Dadme cinco minutos para hacer la mochila y dejar a Sapo con alguien

Macy: No, tráete a Sapo

Mekhi: Será la mascota del equipo

Eden: Vale, bien, pero, si está en peligro, pienso salvarlo antes que a vosotros

Mekhi: Comprensible. Entre tú y yo, yo también lo salvaría a él

Luca: yo también lo veo

Luca: ¡tres hurras por el rey sapo! ¡que su reinado dure muchos años!

Mekhi: ¿Vamos volando o por portales?

Eden: ¿Has aprendido a volar?

Eden: ¿O me estás pidiendo que cargue con vuestros culos por todo el continente gratis?

Eden: Típico de los vampiros

Luca: eh, ¿qué hemos hecho jv y yo?

Mekhi: Te daré un anillo de caramelo a cambio

Eden: No sé...

Mekhi: Sabe a algodón de azúcar

Eden: Hecho

Eden: Una adición muy dulce a mi tesoro

Macy: Puedo llevaros hasta Nueva Orleans, pero no a la Aethereum

Jaxon: Pues portal, decidido

Luca: ¡chu, chu! ¡todos a bordo del tren macy!

Macy: El despertar espiritual se cobra aparte

Jaxon: Id a hacer la mochila

Jaxon: Sé de buena mano que dos de vosotros no tenéis velocidad de vampiro

Jaxon: Y Luca, baja aquí de una vez

Luca: sí, mi capitán

Diez minutos después...

Eden: ¿Qué era eso de la velocidad de vampiro?

Macy: Eden ha llegado

Macy: No se ha traído a Sapo :/

Luca: :/

Mekhi: :/

Jaxon: :\

Jaxon: :/*

Mekhi: Buen intento, tío

Jaxon: Que te den

Eden: El portal se va en 10

Eden: 9

Eden: 8

Luca: ¡¡¡aquí estoy!!!

Eden: 7

Eden: 6

Mekhi: Llegada inminente

Macy: ¡Nada de desvanecerse en los pasillos!

Eden: 5

Eden: 4

Eden: 3

Jaxon: Deja de chatear y presta atención

Eden: 2

Eden: 1

Luca: ¡despegue!

REMY VILLANOVA

Remy Villanova

P.: ¿Cuál es el colmo de un brujo?

Identidad paranormal: Brujo.

Signo zodiacal: Libra.

Rasgos favoritos: Puedo controlar la magia a voluntad con el poder innato que hay almacenado en mi interior... pero me gustan mis ojos bonitos. <3

Asignatura favorita del instituto Katmere: Nunca he ido al instituto. Los guardias de la cárcel se turnaban para enseñarme todo lo que sé, por eso mi educación es... variada.

Tus amigos te conocen sobre todo por aquella vez que...: Desactivé la magia de la Aethereum durante doce horas. No pudimos escapar, pero el resto de las reglas de aquel lugar se suspendieron. Fue una auténtica batalla campal.

Recuerdo favorito de la infancia: Nací en la Aethereum, pero, como no había forma de salir, digamos que los guardias me adoptaron cuando mi madre murió. Me pasaba el día con ellos, viendo pelis y escuchando historias sobre el mundo exterior. Esas películas eran lo más cercano que tenía a la libertad.

***Snack* irresistible que tomar a media noche:** Sándwiches de mantequilla de cacahuete y mermelada. Supongo que me recuerdan a mi madre. Ella preparaba los mejores.

Algo que siempre te haga reír: Cada vez que entra algún tipo nuevo en la cárcel se pasa las primeras semanas desesperado por llamar la atención de Calder. Ella les sigue la corriente siempre y cuando le hagan sus tareas, y amenaza con comérselos cuando se ponen pesados. A mí me viene de lujo. Me limpian la celda y veo cómo ella elude hábilmente sus intentos de flirteo durante horas. Es una auténtica hacha a la hora de pararles los pies a los pervertidos. Debería impartir un seminario web para las mujeres en el club.

Si fueras un utensilio de cocina, serías...: Una espátula, porque soy flexible y se me da muy bien acceder a cosas a las que nadie más puede acceder.

Bebida matutina favorita: Café helado con leche.

El viaje de tus sueños: Llevo aquí toda la vida, así que empecemos por cualquier lugar que no sea la Aethereum.

Tu mayor temor: Morir en la cárcel sin tener la oportunidad de ver algo más allá de estas paredes.

Una primera cita ideal sería...: *Beignets* y *café au lait* en el Café du Monde. Los guardias me traían *beignets* que compraban para llevar, así que me imagino lo buenos que tienen que estar recién hechos. Después daríamos una vuelta por el Barrio Francés y nos haríamos unas caricaturas (me hacen mucha gracia). Y nos reiríamos. En mi primera cita habría muchas muchas risas.

Un secreto que no quieres que nadie sepa: Una parte de mí se pregunta... Si tuviera la oportunidad de marcharme, ¿tendría tanto miedo como para dejarla pasar?

Comida favorita: Pralinés de nueces de pecán.

Instrumento favorito: El piano. Tenemos uno en la Aethereum y mi madre me enseñó a tocarlo.

Algo que te disguste especialmente: Cuando Caronte decide putearnos con las reglas de la cárcel solo porque puede hacerlo.

¿Qué haces cuando quieres relajarte?: Me siento al piano en el nivel superior de la cárcel y toco hasta que me duelen las manos y las muñecas. De niño, el resto de los presos me seguía el rollo porque todo el mundo me quería, pero ahora, cuando empiezo a tocar, toda una multitud se reúne a mi alrededor para escuchar, a veces durante horas. Me hace muy feliz poder compartir una parte del recuerdo de mi madre con los demás.

Algo que solo sabe tu mejor amigo/a: Prácticamente todo. Nadie más se ha molestado nunca en preguntar.

R.: No tener encanto.

Datos curiosos sobre Remy:

1. Le encanta leer poesía. Sus poetas favoritos son Langston Hughes, Sandra Cisneros, Pablo Neruda y Walt Whitman.

2. Adora en secreto hacer sudokus.

3. Le gustan los documentales de viajes porque le hacen sentir como si de verdad estuviera en esos lugares. Pero lo cierto es que nunca ha visto el mar o la montaña, ni siquiera un bosque, en persona.

4. Remy es un maniaco de las películas y puede ver la misma una y otra vez si está de buen humor. Por eso ha visto *El amor está en el aire* veintisiete veces (aunque le dice a todo el mundo que solo la ve por Calder).

Estimados señor y señora Calder (y todos los hermanos Calder):

Me llamo Remy Villanova y soy el compañero de celda de su hija en la Aethereum. Solo quería que supieran que está bien, o tan bien como se puede estar encarcelada a una edad tan temprana.

Carolina se está adaptando muy bien (aunque insiste en que la llame solo por su apellido). Ha entablado amistad con varias personas (aparte de mí) y ha encandilado a la mayoría de los guardias con su encanto, aunque sigue amenazando con comerse al que nos trae la cena. Pero Naipaul es un tipo con bastante buen talante, así que no se ha metido en ningún lío por ello. No obstante, se niega a traerle la salsa barbacoa que ella no para de reclamar. ¿He mencionado que, aparte de tener buen talante, es bastante espabilado?

Sé que preferirían recibir noticias directamente de Calder y no de mí, pero todavía no lleva aquí el tiempo suficiente como para haberse ganado el privilegio de enviar cartas. Hasta entonces yo les mandaré todas las que pueda. Por favor, no duden en enviarle cartas a mi nombre, si quieren, en el futuro cercano.

Para demostrar que estoy escribiendo esto de parte de Calder, me ha pedido que les recuerde que el nombre del próximo bebé le corresponde elegirlo a ella. En estos momentos duda entre Cleo o Carley, aunque sigue pensando otros.

Me ha pedido que les diga que no lamenta lo que hizo. No ha dicho nada más que eso, pero ha insistido en que ustedes saben que no deben culparse. Ella hizo lo que hizo y lo volvería a hacer en caso de tener la oportunidad. Por si esto los tranquiliza, tengo el don de ver el futuro, y sé que Calder no pasará el resto de sus días aquí. No sé cuándo saldrá, pero estoy seguro de que lo hará. Espero que saberlo les proporcione consuelo. Prometo que la mantendré a salvo hasta que llegue ese momento.

Pronto les escribiré más de su parte.

Un saludo,

Remy Villanova

CAROLINA CALDER

Carolina Calder

P.: ¿Dónde cantan las mantícoras?

Identidad paranormal: Mantícora.
Signo zodiacal: Tauro.
Rasgos favoritos: Está entre mi exuberante cabello rojo, mis labios que forman un arco perfecto o mis preciosos ojos marrones.
Asignatura favorita del instituto Katmere: Nunca he estado ahí, pero supongo que sería Anatomía de Hudson.
Lo peor de vivir en Alaska: ¿Alaska? No, gracias...
Recuerdo favorito de la infancia: Escaparme con mi hermana pequeña al *bayou* de Luisiana. Teníamos un gran hidrodeslizador que yo capitaneaba mientras ella buscaba caimanes. Cuando encontrábamos uno parábamos los motores y lo observábamos mientras nadaba. Nos pasábamos horas así. Flotando, charlando y aullando de emoción cada vez que veíamos cómo una cola asomaba por encima del agua. La echo de menos.
Algo que siempre te haga reír: Cuando Remy intenta decirme lo que tengo que hacer. Qué encanto.
Si fueras un utensilio de cocina, serías...: Un cucharón, porque estoy repleta de bondad.

Bebida matutina favorita: Soy muy de refrescos de naranja.

El viaje de tus sueños: Me encantaría llevar a Remy a París. Creo que le entusiasmaría la Torre Eiffel. Y los cerezos. Y todos los sitios famosos en los que se grabaron un montón de pelis clásicas. Ah, y las panaderías... La verdad, creo que no hay nada en París que a Remy pudiera no gustarle. Sería divertido ser quien lo lleve allí por primera vez.

Tu mayor temor: He visto lo que les pasa aquí a las mujeres cuando dejan de ser jóvenes y guapas. Me he esforzado mucho por ganarme el respeto del resto de los presos y me aterra que unos capullos estúpidos y sexistas me lo arrebaten algún día.

Un secreto que no quieres que nadie sepa: Cuando era pequeña me pasaba horas siguiendo la luz de un puntero láser por el salón de casa. Incluso ahora, cuando veo una cuerda o algo moviéndose por el suelo tengo que controlarme para no saltar a por ello.

Pasatiempo favorito: Escuchar cómo Remy toca el piano.

Algo que te disguste especialmente: La gente que no me toma en serio.

¿Qué haces cuando quieres relajarte?: Me gusta pintarme las uñas cuando estoy estresada. Me permite centrarme en algo pequeño en lugar de pensar en los enormes problemas que me rodean.

Algo que solo sabe tu mejor amigo/a: Que, cuanto más flirteo, más miedo tengo.

R.: En el manti-coro.

Datos curiosos sobre Calder:

1. Calder está muy segura de sí misma, pero siempre lleva consigo un trozo de la mantita que usaba cuando era pequeña (y que le hizo su abuela) a modo de amuleto.

2. Calder no teme a nada, excepto a los relámpagos. No le gusta hablar de la razón.

3. Calder siempre ha querido un unicornio de mascota. Está segura de que quedaría monísima montando en unicornio.

El instituto Katmere por dentro

El campus

Acompáñanos a un instituto tan único como lo son el alumnado y el profesorado que lo habitan. Ubicado en una de las zonas más aisladas del mundo (la montañosa región del Denali, en el centro de Alaska), el instituto es el lugar perfecto para que tus hijos puedan aprender los pormenores de su poder. El campus cuenta con instalaciones modernas para las cuatro facciones más populosas, y con muchísimo espacio para que puedan estirar las piernas... y las alas.

Entre otras cosas, esto es lo que puedes encontrar en el instituto Katmere:

- Pistas de obstáculos vanguardistas, diseñadas por profesionales para mejorar la maniobrabilidad y la agilidad, que resultarán un reto para toda clase de habilidad mágica.
- Un programa Ludares de primera, creado para que el alumnado esté lo mejor preparado posible para intentar conseguir un asiento en el Círculo.
- Un banco de sangre de tecnología punta que cuenta con los sabores más distinguidos (entre ellos un surtido de grupos sanguíneos poco comunes, tanto de sangre humana como animal).

- Un programa de astronomía y un planetario de renombre mundial, con un enfoque importante en los estudios lunares de todas las fases.
- Una despensa bien surtida de hierbas y diversos ingredientes para pociones, cosechados durante la luna llena y completamente orgánicos. En ella se encuentran ejemplares muy raros, procedentes de algunos de los rincones más recónditos del mundo.
- El castillo es una antigua fortaleza dragontina y cuenta con una colección de insólitas y poderosas piedras preciosas, y acceso restringido al sagrado Cementerio de Dragones.
- Un profesorado compuesto por las brujas, lobos, vampiros y dragones más competentes y poderosos que pueda haber.

El claustro de profesores

Dr. Finn Foster, director, brujo
Especialista en Construcción de Portales y en Instrumentos Mágicos

Dr. Noah Al-Kenanah, profesor de Ciencias, dragón
Especialista en Gemología y en Anatomía de los Dragones

Sr. Raj Bader, profesor de Ciencias, lobo
Especializado en Astronomía Lunar y en Ciencia de Portales

Sra. Giulia Bianchi, profesora de Educación Física, bruja
Especializada en Bailes de Salón para Acontecimientos Mágicos

Sr. Pascal Blanchet, profesor de Educación Física, vampiro
Especializado en Estrategia del Ludares y en Desvanecimiento

Sra. Serafina Chavez, profesora de Matemáticas, dragona
Especializada en Estadística Paranormal y en Economía a Largo Plazo (más de cien años)

Sra. Alma Cisneros, enfermera, bruja
Especializada en Pócimas Curativas y en Heridas Mágicas

Sra. Lucia Contreras, profesora de Educación Física, loba
Especializada en Estrategia y Agilidad

Sr. Vincent Damasen, profesor de Arte, gigante
Especializado en Arquitectura Mística y en Composición de Calderos

Dr. Cristobal Escanuelas, profesor de Historia, dragón
Especializado en Linaje de Dragones y en Historia y Derecho del Círculo

Sr. Pietro Esposito, profesor de Educación Física, dragón
Especializado en Maniobras de Vuelo de Combate

Dr. Tre Green, profesor de Matemáticas, brujo
Especializado en Círculos Brujeriles y en Física de los Portales

Sra. Cynthia Kaufman, profesora de Arte, vampira
Especializada en Artistas Paranormales y en Arte Paranormal

Dra. Davina Kim, profesora de Teatro, dragona
Especializada en Historia de Textos Paranormales a lo largo de la Historia y en Lingüística Mágica

Dra. Veronique Lyons, profesora de Ciencias, vampira
Especializada en Serología y en Grupos Sanguíneos

Dra. Belinda MacCleary, profesora de Arte, loba
Especializada en Pintura Avanzada y en Arte Lunar

Sra. Alora Maclean, profesora de Lengua, bruja
Especializada en Textos Paranormales y en Libros de Hechizos Antiguos

Dr. Stefano Marquez, profesor de Ciencias, dragón
Especializado en Física del Vuelo y en Economía de la Acumulación

Dra. Saloma Natia, profesora de Matemáticas, loba
Especializada en Matemáticas Mágicas y sus Aplicaciones en la Ingeniería

Dra. Xi Nguyen, profesora de Ciencias, loba
Especializada en Anatomía Paranormal y en Heridas por Transformación

Sra. Farrah Robles, profesora de Ciencias, bruja
Especializada en Composición de Pociones y en Ingredientes Raros

Sr. Vikram Romanov, profesor de Arte, brujo
Especializado en Arte del Tarot y en Materiales Místicos

Sra. Amka Royce, bibliotecaria, bruja
Especializada en Etimología de los Hechizos y en Manuscritos Mágicos

Dra. Alyssa Veracruz, profesora de Historia, bruja
Especializada en Historia de los Procesos por Brujería y en Lanzamiento de Hechizos

Sra. Helena Virago, profesora de Ética, dragona
Especializada en Ética del Poder y en Lingüística Dragontina Avanzada

Dr. Tyler White, profesor de Música, vampiro
Especializado en Música para el Control Mental y en Composición para Orquestas

Sra. Marise Yanoski, enfermera, vampira
Especializada en Artes Curativas y en Química de las Heridas por Mordedura

Dra. Marina Wainwright, orientadora, bruja
Especializada en trastornos de ansiedad y de estrés postraumático

Las tradiciones

La semana de bienvenida

Es una tradición de Halloween que se celebra en el instituto Katmere. El lunes los lobos montan en el campus una feria enorme y llena de atracciones, juegos y toda la comida y los premios típicos de feria que cualquier estudiante podría pedir. El festival del martes es todo un alarde por parte de los dragones: un espectáculo nocturno de fuego y vuelo durante el que los dragones del Katmere iluminan el oscuro cielo con esa magia especial que poseen. El miércoles, los brujos y brujas son los anfitriones de la única partida de bringo estudiantil del año; en cambio, el jueves por la noche se celebra el baile de otoño que organizan los vampiros, donde los alumnos bailan hasta el amanecer luciendo sus mejores galas. La noche del viernes es la culminación de las celebraciones de la semana de bienvenida: por la mañana hay un chulísimo espectáculo acrobático del equipo de animadoras y por la noche se celebra el partido del Ludares más bestial del año. Lo mejorcito del Katmere se enfrenta a otro instituto rival en nuestro flamante y modernísimo estadio.

La fiesta de la búsqueda del portal

Como parte de su aprendizaje, las brujas del Katmere crean portales de entrenamiento por todo el campus. Dos veces al año, en octubre y en marzo, las facciones aúnan fuerzas, hacen una enorme hoguera y celebran la fiesta de la búsqueda del portal, donde los más valientes salen en busca de portales desperdigados. Según se cuenta en el Katmere, ha habido alumnos que no han regresado nunca, pero la verdad es que el director Foster impone una estricta organización por parejas y un recuento general para asegurarse de que todos los alumnos están a salvo.

El fiestón playero de la aurora boreal en Año Nuevo

Con el objetivo de la cooperación entre facciones, en el Katmere se celebra la llegada del año nuevo con nuestra propia fiesta playera de la aurora boreal. Las cuatro facciones unen fuerzas mágicas y convierten la zona que hay frente al castillo en nuestra propia playa privada durante doce horas. Tiene de todo: una hoguera, pistas de vóley-playa, perritos calientes y nubes tostadas a cargo de los dragones, concursos de castillos de arena, y se puede hacer surf y esquí acuático. Es uno de los días favoritos del alumnado.

La competición del castillo

En febrero el profesorado del Katmere organiza la competición del castillo para el alumnado. Es una tradición que empezó hace cincuenta años con el objetivo de que los estudiantes pudieran liberar el estrés durante los gélidos meses de invierno. El castillo se transforma en varias pistas de obstáculos, con zonas para jugar al escondite paranormal y campos para participar en el pillapilla mágico. Es una batalla total: las diferentes facciones se entremezclan para formar equipos y participan en los juegos... ¡para ver quién ganará la corona del castillo y el derecho a alardear de ello!

El torneo Ludares

En marzo los estudiantes vuelven a formar equipos de facciones diversas, pero esta vez para... ¡el día del torneo Ludares del Katmere! Si bien no es obligatorio participar en el torneo, se alienta en especial a los de tercero y los de último curso, quienes se ven las caras en los partidos del Ludares que se juegan durante el día para ver qué equipo se alza con el título de ganador.

Las clases

Planea tu horario en el instituto Katmere

Como el instituto Katmere ofrece sus servicios a adolescentes paranormales, está claro que los requisitos básicos para graduarse distan un poquito de los de un instituto dirigido a humanos corrientes. Aunque comparten un plan de estudios troncal (Ciencias, Historia, Lengua, Matemáticas, etcétera), aquí es un poco distinto que en el resto de la tierra. Echa un vistazo a las asignaturas que se enumeran a continuación y elige una de cada categoría para planear tu semestre perfecto en el instituto Katmere.

Ciencias

Gemología y Dragones
En esta asignatura especial que se imparte cada dos años analizaremos la geología de gemas de todo tipo, además de los efectos que cada tipo de gema tiene en las guaridas de dragones y sobre estas criaturas durante las diferentes fases de sus ciclos vitales.

Física del Vuelo I, II, III
La habilidad para volar difiere de una criatura paranormal alada a otra, y en esta clase hablaremos sobre todas ellas, centrándonos sobre todo en la anatomía y la física del vuelo dragontinas, aunque durante el transcurso de los tres años de duración de esta asignatura exploraremos las dinámicas de vuelo de hadas, gárgolas, grifos, valkirias y demás criaturas aladas.

Hemoquímica I, II, III
La existencia vampírica comprende mucho más que beber sangre. En esta clase aprenderemos los fundamentos de la relación entre la sangre y el cuerpo vampírico. Aunque nos centraremos en la sangre humana y los efectos que los distintos tipos tienen en el cuerpo de esta facción, también exploraremos los efectos de la sangre animal.

Química de las Pociones I, II, III
La elaboración de pociones es mucho más que mezclar ingredientes aleatorios en un caldero. Esta clase tratará varios aspectos de este arte: la forma de recolectar los materiales de mayor calidad y frescura para tus pociones, los matices de la combinación de ingredientes para lograr los resultados deseados e, incluso, los diversos resultados obtenidos según la elección del caldero. Se hace especial hincapié en los tés, las pociones que afectan a las emociones (y sí, incluye las pociones amorosas) y los antídotos a los encantamientos.

Astronomía Lunar I, II, III
En esta asignatura, que empieza a impartirse en segundo, explorarás el sistema solar haciendo especial hincapié en la

luna terrestre y su efecto en los metamorfos lobunos durante todas las etapas de su vida. Es obligatorio hacer diferentes excursiones durante la luna llena varias veces al año.

Anatomía Paranormal I, II, III (Anatomía I es una asignatura obligatoria para todos los estudiantes de primero)
Esta asignatura cubre los cuatro tipos de paranormales que viven y se forman en el instituto Katmere. Estudiarás de todo, desde la anatomía del ala de un dragón al sistema digestivo de los vampiros; además de la neurología de los metamorfos y el efecto de la magia en el sistema circulatorio.

Historia

Historia Vampírica: Falacias, Acontecimientos y Colmillos
Este curso anual se centra en los cuatro mil años que comprende la historia vampírica, tanto la de los vampiros originales como de los convertidos. Se presta especial atención a los mayores avances de la cultura vampírica, la Corte Vampírica y los soberanos más poderosos de la historia de estos seres paranormales.

Historia de la Magia
Esta emocionante asignatura explora los orígenes de la magia cotidiana, desde la creación de portales a los principios de las pociones. Los debates se centrarán en los distintos periodos de la magia, además de en los avances y los líderes más importantes de cada época.

La Caza de Brujas en el Mundo Atlántico
No debemos olvidar que las brujas han sido perseguidas a lo largo de la historia. Esta asignatura se centra específicamente en las cazas de brujas de los estados que limitan con el Atlántico: las políticas que las promovieron, las brujas y aquelarres que se destruyeron y los problemas inevitables que derivaron de dicha destrucción.

Historia Universal de los Procesos por Brujería
Un estudio más exhaustivo de las cazas de brujas a través de los siglos. Esta asignatura divide las cazas de brujas en cinco periodos a lo largo de la historia y proporciona un análisis a fondo de esas épocas; incluso habla de las figuras que intentaron detener las cazas de brujas y ofrecer cobijo y seguridad a las afectadas. Esta asignatura también estudia la caza y destrucción de otras especies paranormales a lo largo de la historia.

Historia Antigua de los Dragones I, II
Los dragones adquirieron prestigio en el Creciente Fértil hará unos siete mil años. Esta asignatura se centra en el auge de los clanes dragontinos y sus contribuciones a la ciencia y a la tecnología, además de la casi aniquilación de su población con la expansión del Imperio romano. También se analizan las luchas internas por el poder, las Grandes Cazas Dragontinas y los legendarios guerreros dragón que surgieron durante este periodo.

Cultos y Aquelarres a lo largo de los Años I, II, III
Esta emocionante asignatura examina la historia mundial a través de los ojos brujos. Cada seis semanas se estudiará

un continente distinto y los aquelarres más destacados en dicha región. La materia se centra especialmente en las variedades de hechicería, en las historias de los calderos y en el arte medieval de la creación de pociones.

Licántropos por el Mundo I, II, III
Esta serie de asignaturas se centra en la historia de los metamorfos lobunos y los hombres lobo a lo largo de la historia. Examinaremos la Corte y la monarquía lobuna actual y del pasado, además de los acontecimientos y los alfas más importantes de la historia de la especie.

Ciencias Políticas: Leyes del Círculo y Etiqueta
Una asignatura obligatoria para el alumnado de penúltimo curso en la que se debate la historia del Círculo y sus líderes actuales y pasados, además de un breve análisis de las leyes de los paranormales, la etiqueta en las distintas Cortes, las monarquías y el proceso para conseguir entrar en el Círculo.

Lengua

Etimología de los Hechizos
Esta asignatura se centra en los hechizos a lo largo de la historia, desde la antigüedad hasta el presente. ¿Qué entraña elaborar un hechizo? ¿Qué elección de palabras hace a los hechizos y los encantamientos más poderosos? ¿Qué similitudes vemos en los hechizos de diferentes épocas y qué evolución hemos advertido durante los últimos dos milenios?

Poesía de los Hechizos y los Encantamientos I, II, III
Normalmente escribir encantamientos y hechizos poderosos es la parte más divertida de la hechicería (y la más complicada). Esta serie de asignaturas intensivas se centra en la redacción de los hechizos y encantamientos que elevarán tu magia al siguiente nivel.

Cuentos de Hadas: Realidad o Ficción I, II
Lo único que la mayoría conoce de las criaturas paranormales proviene de las historias que les cuentan durante la infancia. Esta asignatura analiza la tradición cuentística de distintas partes del mundo y se centra en las diferencias entre las numerosas culturas, además de desentrañar la realidad y la ficción en cada una de las historias que leamos.

Literatura Británica con Énfasis en las Historias Paranormales I, II
La narrativa es una de las maneras más poderosas de transmitir las tradiciones a lo largo de la historia. Esta asignatura se centra en obras importantes de la literatura británica en las que también hay una gran presencia paranormal. Por ejemplo, *Macbeth*, *La duquesa de Malfi*, *La reina de las Hadas*, *Drácula*, etcétera.

Literatura Estadounidense con Énfasis en las Historias Paranormales I, II
En la literatura estadounidense proliferan los relatos llenos de magia y criaturas paranormales. Esta asignatura proporciona un análisis exhaustivo de lo paranormal en obras estadounidenses a lo largo de la historia, desde las

primeras obras que surgieron en este país hasta las más contemporáneas.

De *Drácula* a *Entrevista con el vampiro*: Estudio Exhaustivo de la Novela Vampírica

¡Esta asignatura es para todos los vampiros y los amantes de lo vampírico! Un análisis profundo e inmersivo de las novelas y películas vampíricas a lo largo de la historia. Esta asignatura hace especial hincapié en los mitos y las verdades acerca de cómo la facción vampírica se representa en la ficción.

Obra Completa de Jack London: Análisis Lobuno

Podría decirse que Jack London es el autor más prolífico de relatos sobre lobos en la historia de la literatura estadounidense (y se sospecha que él mismo era un metamorfo). Esta asignatura proporciona una inmersión en sus obras literarias de principio a fin, haciendo especial hincapié en esas historias en las que los lobos destacan el conflicto y la caracterización.

Matemáticas

Ingeniería y Matemáticas para Arquitectura Mágica I, II, III, IV

Una potente serie de asignaturas que se centra en las matemáticas, los hechizos, la historia y el conocimiento general necesario para erigir monumentos mágicos duraderos. En estas asignaturas el alumnado aprenderá los cálculos que se esconden tras la magia de algunas de las construcciones más místicas del mundo, además de las matemáticas y la magia necesarias para diseñar y construir sus propias obras arquitectónicas (en los cursos más avanzados).

Geometría de Círculos Brujeriles y Portales I, II

Esta asignatura se centra en crear el círculo perfecto para tu magia, tanto si estás practicando a solas como con unas cuantas amistades o con un aquelarre entero. Se hace especial hincapié en los cálculos necesarios para construir portales de largo alcance, sobre todo aquellos que permiten viajes intercontinentales.

Estadística Paranormal I, II, III, IV

Estas asignaturas proporcionan al alumnado un entendimiento de la estadística en el mundo paranormal, además de prepararlo para solventar problemas que implican la recolección y el análisis de datos. Esto incluye comprender qué datos son importantes, el coeficiente de variación, la correlación, la probabilidad, el muestreo y el contraste de hipótesis.

Bellas Artes

Arquitectura Mística

Esta asignatura analiza la arquitectura mágica a lo largo de la historia. De las gárgolas a los arcos góticos, de Stonehenge a las pirámides de todo el planeta, la asignatura se centra tanto en la arquitectura del poder como en las personas que están detrás de algunas de las maravillas arquitectónicas paranormales más importantes de la historia.

Arte del Tarot
Esta asignatura se centra en la comprensión de algunas de las barajas de tarot más poderosas, diversas y hermosas de la historia. A lo largo del año que dura este curso, el alumnado aprenderá a comprender los diferentes palos del tarot y los tipos de barajas, además de crear la suya propia como proyecto final.

El Ojo Paranormal I, II
Esta asignatura se centra en la apreciación del arte, sobre todo en obras que destacan lo paranormal. Desde las musas de la antigua Grecia a la representación artística actual de las criaturas paranormales, en esta asignatura se analizan lo bueno, lo malo y lo sublime.

La Mano Paranormal I, II, III, IV
Una serie de asignaturas prácticas que se centran en la pintura, el dibujo, la escultura y el diseño gráfico. Aunque se especializa sobre todo en crear obras de naturaleza paranormal en distintos medios artísticos, se insta al alumnado a seguir a sus propias musas adondequiera que lo lleven.

Arte de la Brujería I, II, III
Esta asignatura la imparten algunos de los mejores fabricantes de instrumentos mágicos del mundo y se centra en la creación de los distintos artilugios para la práctica de la brujería moderna. Durante el transcurso de tres años el alumnado analizará los diferentes tipos de objetos artísticos mágicos, desde las varitas a los *athames*, de los calderos a las dagas rituales: sus orígenes, sus efectos en la historia y los estilos de fabricación.

Arte Dramático de lo Paranormal I, II, III
Desde las obras de Shakespeare a Miller, de Busch a Balderston, cada semestre en esta asignatura se estudiarán tres obras teatrales sobre lo paranormal. Y también cada semestre se espera que el alumnado protagonice una función para el instituto: quienes cursen tercer año escribirán y representarán sus propias obras de un único acto.

Fotografía Paranormal I, II, III
Estas asignaturas se centran en conceptos básicos y avanzados de la fotografía. Y aunque las tres se centran en temas paranormales, se anima al alumnado a fotografiar lo que prefiera. Cada año es obligatorio desarrollar un proyecto especial de fotografía que tendrá que ver con algún aspecto de la paranormalidad y contará como examen final.

Apreciación de la Música Paranormal I, II
Estas asignaturas sacarán a los músicos y músicas que lleváis dentro. En esta materia se hace especial hincapié en los compositores y los artistas paranormales, y te permitirá apreciar lo mejor que puede ofrecer la música paranormal.

Orquesta I, II, III, IV
El alumnado aprenderá a tocar instrumentos de forma individual y en orquesta, y llevará a cabo numerosas funciones a lo largo del curso escolar. Aunque se aprenderá música de todos los tipos, se hace especial hincapié en la música compuesta por artistas paranormales o que trata sobre ellos.

Educación Física

Vuelo I, II, III, IV

Estas asignaturas comienzan con los aspectos más básicos del vuelo y profundizan en maniobras cada vez más complicadas, entre ellas la aviación de combate. Requisito: matrícula reservada a estudiantes que puedan volar gracias a sus propios poderes.

Carreras de Agilidad Lobuna I, II, III

Quien dijo que la parte divertida se la habían llevado los lobos sin duda conoce estas asignaturas. La clase para principiantes comienza con una serie de sofisticadas carreras de obstáculos que supondrán un desafío hasta para la persona más ágil de la facción lobuna e irán aumentando en complejidad. Aunque estas asignaturas están diseñadas para fomentar las habilidades lobunas, la matrícula está abierta a cualquier tipo de paranormal.

Construcción de Portales

Una asignatura para alumnos de último año pensada para cursarse después de Geometría de Círculos Brujeriles y Portales y que analiza la construcción de portales cada vez más complejos. Aunque se centra específicamente en fomentar las habilidades brujas, se puede matricular cualquier persona con un mínimo de control de la magia de la tierra.

Optimización del Desvanecimiento I, II

Esta asignatura está pensada para los vampiros y vampiras de todas las edades que estudien en el instituto Katmere;

consiste en dos cursos que se centran en poner en práctica el desvanecimiento. Se espera que en el transcurso de los dos años aumenten la velocidad, fuerza y resistencia. Incluye excursiones frecuentes por toda Norteamérica.

Bailes de Salón (con especial hincapié en las celebraciones de festividades)
¿Te sientes inútil en el baile del Wyvernhoard o el Cotillón de Sangre? Si es así, esta asignatura está hecha para ti. Aprenderás una gran cantidad de bailes de salón y danzas en línea, además de participar la función de final de curso. Matrícula abierta a todo tipo de paranormales.

Competiciones entre Facciones
Esta es una de las asignaturas más emocionantes que se ofrecen en el instituto Katmere. Un curso anual que se basa en las distintas habilidades específicamente lobunas, vampíricas, brujas y dragontinas en competiciones cada vez más complejas. También se enseñará combate cuerpo a cuerpo. Abierto para todo tipo de paranormales y pensada para quienes quieran competir en un evento deportivo sin participar en las competiciones más peligrosas del Ludares.

Ludares I, II, III
¿Alguna vez has soñado con ganar el Ludares del instituto Katmere? ¿Alguna vez has querido incrementar tu velocidad y resistencia en el campo de juego mientras aprendes a cooperar con otro tipo de paranormales? ¿Estás en la línea de sucesión a un trono y tendrás que competir por un lugar en el Círculo? Si es así, nuestras clases del Ludares

están hechas para ti. Aprende las mejores técnicas para ganar la competición mediante prácticas y partidos mensuales.

Otras asignaturas

Cuidado de Huevos de Dragón
La eclosión de los huevos de dragón es una de las experiencias más satisfactorias y frágiles del mundo. Menos de la mitad de los huevos de dragón que se ponen llegan a eclosionar, normalmente porque se cometen errores o se ignora la forma correcta de incubarlos. Esta asignatura te enseña todo lo que necesitas saber para cuidar de tu huevo de dragón, antes y después de que eclosione. Matrícula restringida a dragones y dragonas.

Introducción a las Varitas
Algunas brujas y brujos deciden usar varita, otros no. Esta asignatura se centra en enseñarte si una varita es lo correcto para ti y, en caso de serlo, cómo elegir la mejor para amplificar tu magia. También pasaremos tiempo comentando las formas de guardar tu varita y cómo sacarla deprisa cuando la necesites. Matrícula restringida a brujas y brujos.

Metamorfosis I, II
¿Vives a merced de la luna o de tus emociones? ¿Cambiar te resulta difícil? ¿Te gustaría poder transformarte donde quieras, como quieras y sin complicaciones? Si has contestado sí a cualquiera de estas preguntas, esta asignatura es

para ti. Durante el transcurso de dos años aprenderemos los pormenores de la metamorfosis para que siempre tengas bajo control el momento y la forma en que te transformas.

Ética del Poder

Un seminario obligatorio de seis semanas de duración en el que se tratan las normas del uso de tus poderes. En esta materia se analizarán el control mental, las pociones que manejan emociones (sí, en esta lista se incluyen las pociones amorosas), la alimentación basada en humanos y otros dilemas éticos para los paranormales. Esta asignatura del instituto Katmere planteará todas las preguntas difíciles que conlleva tener poderes y ayudará a encontrar la forma de responderlas.

Sibilismo y Cartomancia

Esta asignatura se centra en las herramientas de la cartomancia. Se estudiarán el tarot, la quiromancia, las conchas, las runas, las bolas de cristal y otros métodos de ver el futuro. Además de aprender a utilizar dichos artilugios, en este curso también existe un gran componente ético: solo porque puedas ver el futuro no quiere decir que debas compartir lo que sabes o intentar cambiarlo.

Primeros Auxilios y Prevención Paranormal

En esta asignatura aprenderás a tratar mordeduras, quemaduras y hechizos que han salido mal. Una clase diseñada para todo tipo de paranormales. Durante esta asignatura anual analizaremos los inconvenientes de la magia: las lesiones que provienen de lobos, vampiros, dragones y brujas que están aprendiendo a controlar sus poderes. Se cubrirá a fondo todo tipo de remedios caseros, además de cuándo se recomienda acudir al médico.

Hechicería

¿Los hechizos se te van de las manos? ¿No son tan poderosos como te gustaría? Si es así, esta clase es para ti. Aprende montones de técnicas diferentes para lanzar hechizos de mayor efecto y duración. Asignatura para brujas, brujos y demás usuarios de la magia de la tierra. Excursiones obligatorias.

Entrevista a Tracy Wolff

¿De dónde sale el nombre del Katmere?

El nombre del instituto es un homenaje personal a la combinación de la saga de Harry Potter y la película *El rey león*. Hogwarts es un anagrama de *Warthog* («facóquero» en español), así que Katmere es un anagrama de *Meerkat* («suricata» en español). La verdad es que me llevó muchísimo tiempo pensar en un nombre adecuado para el instituto y, cuando se me ocurrió Katmere, no pude sacármelo de la cabeza, así que decidí que debía ser el nombre definitivo.

¿Por qué la saga está ambientada en Alaska?

La verdad es que se me ocurrió ambientarla en Alaska al comenzar el proceso creativo, durante la primera lluvia de ideas. En un principio pensé que quizá podría crear un internado en la Costa Este de Estados Unidos, por el gran historial de la zona, pero no lo terminaba de ver claro. Así que empecé a pensar más allá y me reuní con mi agente para una tormenta de ideas hasta que ella me lo sugirió. En cuanto lo propuso, en mi cabeza encajó como el lugar idóneo para ambientar la historia.

Grace es de San Diego, como yo, y mi intención era que se sintiese como un pez fuera del agua. No me puedo ni imaginar cómo me habría sentido si a los diecisiete años me hubiesen soltado en mitad de Alaska. Me habría encontrado totalmente fuera de lugar, sin la ropa apropiada y ni siquiera una noción básica de qué debería ponerme para salir al exterior, teniendo en cuenta que, si eres una adolescente, en San Diego se llevan las camisetas de tirantes y los pantalones cortos.

En un principio mi idea era ambientar la saga muy al norte, en la ciudad más al norte de Alaska, en plena tundra helada, pero a mi editora no le gustaba mucho el escenario por la sencillez de los paisajes. Ella acababa de volver de un crucero por Alaska y me propuso Healy como el punto de partida, y al final lo trasladé a las montañas que rodean el Denali. Recuerdo ver hace unos años el documental *El arte de volar* y cómo uno de los protagonistas que hacía *snowboard* contó que habían atravesado zonas del Denali y de las montañas que lo rodean que ningún ser humano había pisado jamás. Me quedé loca al escucharlo.

¿Por qué decidiste que querías ponerles títulos a los capítulos? ¿Cuándo los escribes: al principio o al final del proceso?

En realidad los títulos de los capítulos fueron idea de mi editora. *Anhelo* es un libro superlargo y, aun así, es el más corto de la saga, y creyó que darles título a los capítulos sería positivo para el ritmo de la novela. Teniendo en cuenta que me enamoré perdidamente del título «Pulverizo accidentalmente a mi profesora de introducción al álgebra» (el mejor título de capítulo que he leído en mi vida) del primer libro de Rick Riordan de la serie de Percy Jackson, *El ladrón del rayo*, estaba dispuesta a intentar hacer algo gracioso en la saga. Y aunque algunos de los títulos son un verdadero quebradero de cabeza, ¡es una de mis partes favoritas de las novelas!

Como los borradores del manuscrito original cambian tanto durante el proceso de edición, mi agente tiene un archivo con los capítulos definitivos y un resumen de lo que ocurre en cada uno. Tras acabar la edición repaso el archivo y le pongo un título a cada capítulo, y a veces cuento con la ayuda de mi estupendísima familia. Podéis darle las gracias a mi hijo mediano por la idea del título «*Carpe Kill-em*» de uno de los capítulos de *Anhelo*.

¿Cómo lo haces para no hacerte un lío con tantísimos personajes, especies, ubicaciones, etcétera?

En cierto modo es muy complicado no despistarme con nada, pero al mismo tiempo también es muy fácil. En el caso de los personajes principales no tengo ningún problema en este aspecto. Conozco muy bien a Grace, Hudson, Jaxon, Flint, Macy, Mekhi y Eden: quiénes son, su aspecto, qué es importante para ellos..., así que tengo toda esa información en la cabeza. Pero si hablamos de los personajes secundarios, o de personajes que solo salen una o dos veces en cada libro (incluso menos), sí que me cuesta más. Por ejemplo, ¿de qué color son los ojos de Linden Choi? O ¿cómo se escribe el nombre de una de las reinas lobas? Toda esa información y todos los detalles que dan vida a este mundo, igual que aspectos como los árboles genealógicos, los guardamos en la biblia de la saga, que tiene ya unas cuatrocientas páginas.

¿De dónde sacas la inspiración para todas esas bromas tan buenas, las frases lapidarias y memorables, etcétera?
Me lo paso de maravilla con todo eso. Los títulos de los capítulos son una cuestión familiar; a veces me vienen a la cabeza enseguida, pero otras me cuestan un poco más. Cuando se me hace cuesta arriba, hago una puesta en común con mi agente y con mi pareja y mis hijos. Nos lo pasamos genial haciendo propuestas entre todos antes de dar con el que para nosotros es el título perfecto. Con los chistes y las frases graciosas casi siempre ocurre lo mismo. En ocasiones son cosas que he oído alguna vez, pero muchas de las bromas que aparecen en los libros son pullitas que mi hijo mediano (el cómico de la familia) y yo nos lanzamos entre nosotros.

¿Tienes una lista de todas las canciones que has usado en la saga? ¿Cómo decides cuáles usas y cuáles no?
De nuevo, en algunos casos tomar la decisión es supersencillo; sé qué canción quiero utilizar. Pero la canción que pone Hudson en *Ansia* (*Grace*, de Lewis Capaldi), la busqué a conciencia. Puede que llegara a escuchar unas treinta canciones con la palabra *grace* en el título hasta que di con esa y se me pusieron los pelos de punta. Tenía claro que debía utilizarla. Sí que tengo una lista de canciones para cada novela: con cada canción creo una atmósfera diferente. Pero la mayoría de ellas no llegan a aparecer en los libros.

¿Tienes una lista de lecturas para todos los libros o poemas a los que haces referencia en la saga? ¿Cómo te inclinas por cuál usar y por cuál no?
No tengo una lista como tal. Antes era profesora de Len-

gua y Literatura, así que por lo general tiro de memoria hasta dar con algo que creo que encaja en la escena o con las emociones y sensaciones del momento.

¿Alguno de los personajes está basado en personas reales de tu entorno? ¿Eres una Grace, una Macy, una Calder u otro de los personajes de tus libros?
Sin duda alguna, soy una Grace. No es que tuviera planeado que fuera así, pero al terminar de escribir *Anhelo* me di cuenta de que Grace es el personaje que más se me parece de todos los que he escrito. Sin embargo, también tengo mucho de la personalidad de Macy; soy la animadora estrella de mi grupo de amigos.

¿Cuánto tardaste en escribir *Anhelo*?
Pues me llevó unos dos meses en total escribir el primer libro, pero es verdad que ya había trabajado en un borrador de la novela cuando mi editora contactó conmigo y me dijo que quería volver a poner de moda a los vampiros. Fue gracioso porque escribí una escena que no le gustó y después le di una vuelta y ya le gustó mucho más. Tuvimos una puesta en común con ideas y sugerencias (por ejemplo, las dos queríamos que tuviera lugar en un internado), y me puse manos a la obra. Añadí un par de chistes más durante la edición, pero gran parte de la novela la terminé en dos meses de escritura ininterrumpida.

¿Cómo decidiste con quién acabaría cada personaje? ¿Cuándo tomaste la decisión de cambiar al compañero de Grace? ¿Lo tenías todo planeado desde el principio?
Desde que empezó todo trazamos un plan de cómo que-

ríamos que fuese la saga. Cuando tuvimos la primera puesta en común de *Anhelo*, la hija de mi editora estaba en la universidad, y tanto su madre como yo lamentábamos que las novelas del género *Young Adult* que su hija había devorado durante el instituto no la hubiesen preparado de verdad para el fin de su primera relación seria. Por lo general con este género los lectores y las lectoras aprenden que su primer amor será la persona con la que pasarán el resto de su vida, una idea superromántica, pero al mismo tiempo poco realista y, sinceramente, incluso deprimente cuando te das cuenta de que es probable que jamás vivas un amor como los que aparecen en las novelas. Y no porque la primera persona de la que te enamores no sea la indicada, que puede serlo, sino porque si tú todavía no sabes ni siquiera quién eres de verdad, mucho menos vas a saber qué necesitas en una pareja. Así que nosotras, en cambio, queríamos enseñarle a nuestro joven público que cada persona a la que quieres te enseña algo sobre ti mismo, lo cual al final te ayudará a llegar a la mejor versión de ti.

Así que sí, nuestro plan siempre fue que Hudson fuese un segundo interés romántico. Pero, mientras escribía *Furia*, nos pusimos todos muy nerviosos por si nos iba a gustar o no cuando hiciese acto de presencia; hasta ese momento no había escrito nada en lo que apareciese él. A ver, tenía una idea en la cabeza de quién era, pero creo que hasta que no apareció de verdad en el papel, todos estuvimos en ascuas esperando a ver si iba a ser el héroe que llevase la saga y la pareja perfecta de Grace. Y entonces, cuando llegó el día en el que escribí la escena de la cueva de la Sangradora, la primera vez que Hudson abre la boca, llamé a mi editora y a mi agente y les dije: «Dios mío, ¡LO ADORO!».

Ambas me suplicaron que les enviara un par de páginas, cosa que hice, y las tres nos quedamos en plan «sí, eso es». Es todo lo que queríamos que fuera. Vamos a por todas.

Por otra parte, siempre supimos quién iba a ser el interés romántico de Flint y, si se relee *Anhelo*, creo que para cualquier persona astuta será también bastante evidente. Os daré una pista: cuando está con otro personaje, Flint no siempre sonríe para enmascarar sus sentimientos...

¿Qué personaje te resultó más difícil de escribir? ¿Y cuál fue el más sencillo?

La más fácil de escribir fue Grace. Se apareció en mi cabeza en todo su esplendor, y un día que comencé con la lluvia de ideas para la historia Grace me empezó a hablar. He tenido claro desde el principio quién es y lo que quiere. Otro personaje que se me ocurrió con mucha facilidad es Calder. Me enamoró tantísimo desde el momento en el que apareció en la página que se me hizo muy fácil escribirla. En cuanto al personaje que más me costó..., pues no lo sé. Es una buena pregunta. Creo que Cyrus fue el más complejo. No quería que fuese malvado solo por serlo, sino que él pensara de verdad que estaba haciendo lo correcto con sus fines oscuros. Una persona con complejo de mesías, un poco narcisista pero totalmente convencida de que está liderando a su gente hacia una vida mejor, aunque sea de la peor forma posible.

¿Cómo se te ocurrió lo de añadir más puntos de vista de otros personajes al final de los libros?

Nada más empezar con *Anhelo*, mi editora y yo decidimos que queríamos meternos en la cabeza del héroe. Queríamos saber qué pensaba Jaxon en momentos cruciales, y mi editora se moría de ganas por saber dónde había estado cuando se marchó del instituto durante la primera novela. Y después, en el caso de Hudson, su personaje me encantaba y también me apeteció pasar un rato en su piel.

¿Por qué optaste por escribir sobre tantísimos personajes en los libros? ¿No habría sido más sencillo concentrarte en una sola pareja?
Me fascina escribir sobre grupos de personajes. De verdad, me encanta, me gusta muchísimo. Disfruto con las bromas y pullas, la resolución de conflictos, las relaciones complejas, las diferentes experiencias vitales y las oportunidades para la trama que traen con ellos, así que siempre tuve clarísimo que la saga *Crave* contaría con un elenco de personajes muy grande y diverso. En esta saga tenía tantísimas ganas de explorar (en la trama y en la temática por igual), que me urgía un extenso elenco para conseguirlo. Pero, además, para mí el poder femenino en todas sus variantes es un tema muy importante, y quería formar un grupo que lo demostrara. Grace, Macy, Eden, Gwen, la Sangradora, Nuri, Calder... todas son mujeres fuertes que encuentran su poder y lo utilizan de formas diferentes, y eso me chifla.

Al escribir esta saga, ¿qué tuviste presente antes: la trama o los personajes?
Los personajes. Siempre los personajes. Hay cuatro formas de meterse en la historia: a través del lenguaje, de los personajes, del mundo o del conflicto. Yo siempre elijo a los personajes; por mucho que supiese que quería escribir una historia de vampiros, antes de saber de verdad hacia dón-

de iba la historia tuve que conocer a Grace, Jaxon, Macy y Flint.

¿Tienes algún personaje favorito?

Esa es otra pregunta buenísima que me cuesta contestar. Adoro a un montón de personajes de la saga (incluso a algunos que no conoceréis a no ser que ya hayáis leído *Fulgor*). Pero creo que, ante todo, siempre estaré en el equipo de Grace. Ha sido un personaje superdivertido y emocionante de escribir.

¿Cuál fue la escena que más te gustó escribir?

Pues la verdad es que tengo una escena favorita en cada libro. En *Anhelo* es la de la aurora boreal. Fue una de las primeras escenas que se me ocurrieron, y escribí casi todo el libro intentando llegar a ese momento. Me encanta.

Me cuesta más elegir en *Furia*, porque son muchas las escenas que me gustan de ese libro. Aunque tengo claro que, de esa novela, una de mis escenas favoritas es la del cementerio. Justo el día antes de escribir esa escena falleció nuestro perro (fue horrible) y cogí un montón de las emociones que sentimos por esa experiencia (tanto mías como de mis hijos, que se quedaron devastados) y las usé para el momento en el que Flint y Eden observan el cementerio antes de adentrarse en él. Otra de mis escenas favoritas de *Furia* es la de la lavandería. Fue genial poder hablar por primera vez de los hilos, y también que Hudson y Grace compartiesen un momento de diversión a solas.

De *Ansia* mis escenas predilectas están todas relacionadas con la Corte Dragontina. Me lo pasé de fábula escribiendo esa serie de acontecimientos: la fiesta, las escenas de Hudson y Grace, la celebración de la última noche en Nueva York... También me lo pasé genial escribiendo la escena en la que Flint aparece borracho y Hudson se acaba de pelear con media cárcel. No se me borraba la sonrisa mientras la escribía. Ah y, además, de *Ansia* me encanta el final. Fue doloroso, y lloré un montón mientras lo escribía, pero estoy muy orgullosa del resultado.

¿Cómo elegiste qué asignaturas se impartirían en el Katmere? Si pudieses apuntarte a una, ¿cuál sería?
Pues con las asignaturas me limité a dejar volar la imaginación. Pasé mucho tiempo pensando en qué clase de asignaturas les vendrían bien a unos adolescentes paranormales; cosas como física o vuelo o hechizos. Pero, al mismo tiempo, me preocupaba por los conocimientos que necesitarían al convivir en un mundo con humanos, y no en un universo alternativo. ¿Qué tendrían que saber para protegerse? ¿Historia Universal de los Procesos por Brujería, por ejemplo? Y también qué tendrían que saber para proteger a los humanos, y por eso creé la clase de Ética del Poder.

Para mí, la de Ética del Poder y la de Anatomía Paranormal son dos de las asignaturas más importantes del Katmere. Pienso en la relevancia de las clases de Biología y de Salud a las que todos debemos asistir, donde nos enseñan cómo funciona nuestro cuerpo, y caí en que en un mundo con tantísimas especies diferentes de semihumanos también sería importante comprender cómo funcionan sus organismos. Y, después, en mi opinión, la clase de Ética del Poder es sumamente importante: si se posee un poder como el que poseen Hudson o Grace, e incluso

Macy y Flint, creo que es de suma importancia tener una conversación sobre qué se debe hacer y qué no con ese poder.

Si pudieras ser un ser paranormal ¿cuál elegirías?
Sería una sirena. O una vampira. O una dragona. O una bruja... ¡Uf! Hay tantíiísimas opciones...

Test

¿Qué personaje de la Serie Crave eres?

1. ¿Cuál es tu tentempié favorito?
   a. Helado de chocolate
   b. Nubes de azúcar
   c. Gofres
   d. Pop-Tarts
   e. Barritas de cereales

2. ¿Qué asignatura te llama más la atención?
   a. Lanzamiento de Hechizos
   b. Arte de Volar
   c. Política en el Mundo Paranormal
   d. Arte
   e. Historia del Mundo Paranormal

3. ¿Qué harías en una fiesta?
   a. La has planeado tú, así que disfrutar del currazo que te has pegado
   b. Hablar con todo el mundo
   c. Ser el centro de todas las miradas
   d. Encontrar el picoteo y esconderte
   e. Ser el alma de la fiesta

4. ¿A qué facción paranormal te gustaría pertenecer?
    a. Bruja
    b. Dragontina
    c. Vampírica
    d. Gargólica
    e. No me gustaría tener poderes

5. ¿Qué adjetivo usarían para describirte tus amigos?
    a. Fiel
    b. Desternillante
    c. Tímido/a
    d. Tenaz
    e. Ocurrente

6. ¿Cuál es tu grupo/cantante favorito?
    a. Harry Styles
    b. Hozier
    c. Savage Garden
    d. One Direction
    e. Lewis Capaldi

7. ¿Qué actividad prefieres en un día de nieve?
    a. Participar en una guerra de bolas de nieve
    b. Organizar una guerra de bolas de nieve
    c. Hacer un muñeco de nieve
    d. Quedarte en casa a leer
    e. Ayudar a tus amigos a elaborar una estrategia para ganar la guerra de bolas de nieve

8. ¿Qué utilizarías para ganar una batalla?
    a. Una varita mágica

b. Cualquier cosa que tenga que ver con fuego
c. Tu fuerza
d. Tus habilidades tranquilizadoras
e. Tu ingenio

9. ¿Cuáles de estas habilidades paranormales querrías tener durante el Ludares?
a. Crear portales o hacer hechizos
b. Volar
c. Desvanecerte
d. Soportar el calor
e. Desintegrar cosas

10. ¿Cuál es tu color favorito?
a. Cualquiera del arcoíris, pero que sea chillón
b. Verde
c. Cualquiera que sea oscuro
d. Rosa eléctrico
e. Negro Armani

11. ¿Dónde establecerías tu corte paranormal?
a. En algún sitio con mucha historia
b. En algún sitio concurrido y divertido
c. En algún sitio solitario y frío
d. En algún sitio cálido y soleado
e. En algún sitio que no sea lo que parece

12. ¿Qué actividad elegirías para relajarte?
a. Ver la tele y comer helado
b. Volar
c. Aislarme de los demás

d. Pintar
e. Lanzar hachas

13. ¿Qué bebida prefieres?
a. Café
b. Agua
c. Chocolate caliente
d. Dr Pepper
e. Sangre

Si la mayoría de tus respuestas son **A**, ¡eres **Macy**! Creativa, fiel y divertida. Macy siempre aporta buen rollo y magia a cualquier situación. Te encanta pasar una noche tranquila en casa con un poco de helado de cereza y no puedes vivir sin tu café matutino. Macy es fuerte, tenaz y siempre será un hombro en el que apoyarse. ¡Igual que tú!

Si la mayoría de tus respuestas son **B**, ¡eres **Flint**! Ardiente, apasionado y con réplicas desternillantes para todo, Flint siempre sabe cómo animarte cuando más lo necesitas. Ya sea con nubes tostadas para tu chocolate caliente o saliendo a volar por el instituto para despejar la mente, siempre está ahí para ponerte de buen humor. ¡Iluminas la habitación con tu encanto y tus bromas, como Flint!

Si la mayoría de tus respuestas son **C**, ¡eres **Jaxon**! Fuerte, constante y reservado, Jaxon siempre está atento y planeando sus siguientes movimientos. Le encanta ir un paso por delante y siempre protege a sus seres queridos. Puede que no hables mucho, pero destilas ferocidad y una fuerza digna de admirar, ¡como Jaxon!

Si la mayoría de tus respuestas son **D**, ¡eres **Grace**! Reservada, creativa y todo un enigma; Grace no deja de sorprenderte. No permites que la gente vea tus cartas, pero no te da miedo apostarlo todo para ganar. Con mil referencias a la cultura pop, un gusto musical exquisito y determinación, Grace siempre está dispuesta a atreverse con todo. ¡Igual que tú!

Si la mayoría de tus respuestas son **E**, ¡eres **Hudson**! Incomprendido, ingenioso y sin cortarse un pelo, Hudson siempre aporta ironía y buenas ideas a cualquier situación. No tienes por costumbre corregir a la gente cuando piensa mal de ti, prefieres demostrarles que se equivocan. Hudson no es lo que aparenta, pero en el fondo es una persona increíble y digna de conocer, ¡igual que tú!

¿A qué Corte de la Serie Crave perteneces?

1. ¿Cuál es tu asignatura favorita?
   a. Historia de la Magia
   b. Arte de Volar
   c. Hechicería
   d. Introducción a la Metamorfosis
   e. Desarrollo de Poderes

2. ¿Cuál es tu lugar favorito?
   a. San Diego, California
   b. Nueva York, Nueva York
   c. Milán, Italia
   d. Denver, Colorado
   e. Londres, Inglaterra

3. ¿Qué valoras más?
   a. La familia
   b. Los montones de joyas
   c. Las runas y las varitas
   d. La luz de la luna
   e. El poder

4. ¿Cuál es tu punto fuerte?
   a. La perseverancia
   b. El ingenio
   c. La lealtad
   d. La fuerza de voluntad
   e. La convicción

5. ¿A qué alimento recurres para coger fuerzas?
   a. Pop-Tarts de cereza y una lata de Dr Pepper
   b. Nubes tostadas en la hoguera
   c. Gofres y un café
   d. Cualquier clase de carne
   e. Sangre del tipo que sea

6. ¿Con qué elemento te identificas más?
   a. Todos
   b. Fuego
   c. Tierra
   d. Agua
   e. Aire

7. ¿Con qué plan te pillarían un finde?
   a. Haciendo un maratón de Netflix
   b. Buscando una fiesta a la que ir
   c. Jugando al bringo
   d. Haciendo senderismo
   e. Saliendo a comer por ahí

8. ¿Cuál es tu modo de transporte favorito?
   a. Avión
   b. Volar

c. Portal
d. Correr
e. Desvanecerte

9. ¿Cuál sería tu mascota ideal?
   a. Un perro
   b. Un pájaro
   c. Un gato
   d. Un oso
   e. Una vaca

10. ¿Cuál es tu estación del año favorita?
   a. Verano
   b. Primavera
   c. Otoño
   d. Invierno
   e. Indiferente, no tengo una estación favorita

11. ¿Qué lucirías en tu escudo?
   a. Escamas
   b. Un dragón, claro
   c. Estrellas
   d. Arañazos
   e. Una corona

12. ¿Cómo ganarías una pelea?
   a. Calmaría a todo el mundo antes de que empezara siquiera
   b. Volaría por encima de quienes se pelean
   c. Lanzaría hechizos
   d. Usando la fuerza bruta
   e. Por medio de la persuasión

Si la mayoría de tus respuestas son **A**, ¡perteneces a la **Corte Gargólica**! Eres leal, fuerte y sientes conexión con la tierra. Eres una persona protectora que alza la voz por aquellos que necesitan ayuda y tu prioridad siempre es hacer lo correcto.

Si la mayoría de tus respuestas son **B**, ¡perteneces a la **Corte Dragontina**! Te encanta pasártelo bien, eres cabezota y el alma de la fiesta. Siempre tienes una broma preparada y estás ahí para que las cosas no se pongan muy serias. Tu prioridad son tus amistades y jamás rechazarías nada que brille.

Si la mayoría de tus respuestas son **C**, ¡perteneces a la **Corte Bruja**! Eres inteligente, entrañable y siempre vas un paso por delante de tus competidores. La creatividad es tu pan de cada día y harías lo que fuera por tu familia y tus amistades.

Si la mayoría de tus respuestas son **D**, ¡perteneces a la **Corte Lobuna**! Eres fuerte, tenaz y fiel a tus amistades sobre todas las cosas. Nunca rechazas una pelea y, aunque a veces la gente te juzga mal, bajo ese exterior tosco escondes un corazón blandito.

Si la mayoría de tus respuestas son **E**, ¡perteneces a la **Corte Vampírica**! Eres inteligente, cultureta y, a pesar de tu dura coraza, escondes un interior muy pasional. No te quitas tu máscara de indiferencia ni bajo presión, pues siempre vas varios pasos por delante y nadie puede superarte.

Escenas eliminadas

1
UN BESO
Y UN HECHIZO
MACY

Cronología: entre los capítulos 68 y 69 de *Furia*

Me vibra el móvil, y lo saco de la mochila a escondidas. Cualquier otro día no me arriesgaría, mucho menos en la clase de Física de Portales, pero el señor Green no está y a la bruja de la cocina que lo sustituye parece que le da igual lo que hagamos siempre y cuando acabemos el trabajo.

Yo lo he entregado hace diez minutos, y ahora me muero de aburrimiento. Contar los agujerillos del techo no da para mucho.

Desbloqueo el móvil pensando que me encontraré un mensaje de Grace, que está en clase de Arte, o igual de Gwen, que necesita que la ayude con la decoración de la merienda-cena de las brujas que hay hoy después de clase. Pero no es de Grace, ni de Gwen.

Es de él, de Xavier, y quiere saber si esta tarde estoy libre para quedar.

Solo de pensarlo un enjambre de mariposas se pone a bailar flamenco en mi estómago. Llevo tiempo esperando vivir una gran historia de amor. ¿Y si es el indicado? Guapo es un rato, la verdad. Además, es supermajo y divertido. Y ya con eso supera a Cam. Con creces.

Me muero por aceptar la invitación de inmediato, pero le prometí a Gwen que la ayudaría con la decoración. Y por muy bueno que esté Xavier, yo soy de las que creen firmemente en el lema «las amigas antes que las conquistas». O, al menos, quiero serlo. No es que haya tenido muchas posibilidades de ponerlo en práctica hasta hoy, pero por ahora pienso cumplirlo. Por mucho que me fastidie un poquito.

¡¡Me encantaría!!!
Pero tengo que estar con Gwen
un par de horas para ayudarla
con la decoración de la merienda-cena
de las brujas...
¿Otro día?

Claro
O podría ayudaros con la decoración
Soy todo un as con la bombona de helio

Hasta este momento me parecía algo imposible, pero el corazón me va incluso más rápido que antes. Cam ni siquiera cruzaría una pista de baile para pasar el rato conmigo. Pero Xavier quiere ayudarme a hinchar globos de helio... Parece demasiado bueno para ser verdad.

Pero no pienso dejar que eso me frene. Una nunca sabe lo que va a obtener hasta que se arriesga, así que voy a dar el paso.

¿No serán tus garras una amenaza
para los globos?

Qué va
Soy bastante hábil con las manos

Me quedo con los ojos abiertos como platos al leer eso. ¿Está tonteando conmigo? ¿Va a fuego o qué? A ver, Xavier no parece de esos, pero...

Me refiero a montar cosas y eso

Soy hábil con las manos cuando monto cosas como un arco de globos, o así

Ahora estoy sonriendo tanto que me duelen las mejillas. Es supermono. De verdad, monísimo hasta decir basta. Y yo me muero por pasar la tarde haciendo arcos de globos con él. Y más cosas, claro...

Pues si te apetece nos vemos en la sala de estudios

Celebraremos allí la merienda-cena de esta noche

¿A qué hora voy?

Pues yo iré en cuanto acaben las clases

Así que... ¿sobre las cuatro?

Allí nos vemos

Hasta ahora

Vuelvo a guardar el móvil en la mochila y después me paso los siguientes quince minutos en las nubes, deseando que Xavier me envíe otro mensaje cuando es más que probable que no vaya a hacerlo. Después me doy un pellizco;

no me creo que me esté pasando esto. Un chico majo y monísimo quiere hacer arcos de globos conmigo. ¡Conmigo!

Vale, el plan no parece superromántico, pero para mí sí lo es. Sobre todo porque, por mucho que él diga que no, estoy segurísima de que tiene un millón de planes mejores que pasar la tarde hinchando globos.

Cuando se acaba la última clase estoy muerta de miedo por los nervios. De hecho, estoy tan inquieta que convenzo a mi profe de Historia de que no me encuentro bien y consigo salir de clase quince minutos antes. Minutos que aprovecho para irme corriendo al cuarto y cambiarme porque, si las cosa marcha entre nosotros, ni de coña quiero recordar nuestra primera cita y maldecirme porque llevaba el uniforme del insti.

Vale, sí, llevo toda la tarde pensando en el modelito que voy a lucir, así que no tardo más de dos minutos en ponerme mis vaqueros rotos favoritos. Los combino con un jersey azul intenso y un par de pendientes graciosos y, después de lavarme los dientes, salgo pitando por la puerta justo cuando empieza a sonar el timbre, la banda sonora de *Pesadilla antes de Navidad*.

Mi padre está zumbado.

Intento conseguir un rápido subidón de moral de camino a la sala de estudios recitándome un discurso motivacional a mí misma mientras bajo por las atestadas escaleras principales. Voy contra la marea, así que tardo el doble de lo normal, y empiezo a agobiarme por llegar tarde.

Pero, vamos, digo yo que si el chico está dispuesto a ayudar con la decoración de nuestra merienda-cena mensual, estará dispuesto a esperar cinco minutos hasta que llegue, ¿no? Y si no, pues no vale la pena que pierda el tiempo con él. Eso lo aprendí con Cam.

«Todo irá bien, Macy. Tú relájate y no te olvides de sonreír. El resto vendrá rodado.» No es una mala charla, y he conseguido que las mariposas sustituyan el flamenco por un vals lento. No es lo ideal, pero sí mejor. Mucho mejor.

Irrumpo en la sala de estudios seis minutos después de que acaben las clases, y me imagino que habré llegado con tiempo de sobra. Cosa que me viene bien, porque necesito un momento para cotillear con Gwen sobre lo de Xavier. Pero, al echar un vistazo a la sala abarrotada, me doy cuenta de que me va a tocar esperar para el chismorreo, porque Xavier ya está aquí.

Y está que se sale. A este chico sí que le quedan de muerte la sudadera morada y los pantalones negros del instituto.

Aunque, bueno, seguro que cualquier cosa le quedaría de muerte con esa sonrisa despreocupada, esa mirada expresiva y ese esbelto cuerpo lobuno; sé por el entrenamiento para el Ludares que es superfuerte y que está superdefinido.

Xavier me espera junto a la bombona de helio y ya está hinchando un gigantesco globo dorado. El corazón me da un vuelco (vale, mil) mientras atravieso la sala hacia él después de saludar a Gwen, todo esto al tiempo que me devano los sesos para dar con una buena frase con la que entablar conversación.

Pero resulta que no me hace falta, porque Xavier levanta las cejas y dice:

—Voy a por el oro.

¿A que es mono?

—Y yo que pensaba que ya lo habías conseguido —lo chincho; cojo el globo y le hago un nudo mientras él empieza a inflar otro.

—Ya, eso pensaba yo. —Me recorre con la mirada, en plan «más que amigos» pero sin llegar al nivel de «te estás pasando»—. Estás guapísima.

Me esfuerzo al máximo por pasar por alto cómo se me encienden las mejillas ante su cumplido.

—Tú también.

—Si aún llevo el uniforme —responde riéndose—. ¿Cómo voy a estar guapo?

—Acepta el cumplido —replico— y no lo cuestiones. Si lo haces, será tu perdición.

Esta vez, cuando levanta las cejas, estas no vuelven a bajar.

—Lo dices de una forma muy autoritaria.

—Porque soy la reina de cuestionar los cumplidos. —En cuanto pronuncio esa frase tengo que esforzarme por no taparme la boca con la mano. No me creo que acabe de admitir lo que acabo de admitir, si mi intención era parecer supersegura.

—¿Tú? —Ahora parece escéptico—. ¿Qué vas a cuestionar tú?

Niego con la cabeza, pues no quiero ahondar en el hecho de que en realidad no soy ni de lejos tan segura como parezco.

Primero creo que va a insistir en el tema, pero al final se limita a sonreír y me dice:

—Bueno, a mí me pareces una tía superguay.

Prefiero mil veces más ese cumplido a que me hubiese dicho que estaba guapa otra vez, y me quedo sin saber qué responder. Pero, en vez de consentirlo, señalo con la cabeza el globo que tiene entre las manos y le pregunto:

—¿Vas a inflar ese globo hoy o nos vamos a quedar toda la tarde mirándolo?

—Duras declaraciones de una persona cuya única contribución hasta el momento ha sido anudar un solo globo. —Pero coloca el globo en la boquilla de la bombona y lo hincha con helio.

Se lo arrebato de las manos y le hago un nudo.

—Dos globos, querrás decir.

—Anda, perdona. —Le brillan los ojos con picardía—. Fallo mío.

—Lo que yo decía. —Ahora me toca a mí mirarlo con las cejas enarcadas.

Pero Xavier solo se echa a reír, y nos pasamos las siguientes dos horas hinchando globos y enganchándolos a los absurdos arcos que Gwen insiste en crear para cada merienda-cena. Suelo quejarme bastante, pero me cuesta un montonazo pensar en algo negativo cuando estoy subida a un taburete para llegar a la parte más alta del arco con Xavier debajo de mí, bien cerca.

Me mantiene en equilibrio sujetándome las rodillas por delante con su fornido brazo y con el pecho pegado a la parte de atrás de mis piernas. Me tiemblan tantísimo las manos ahora mismo que no soy capaz de atar el globo al arco. Pero lo intento, una y otra vez, hasta que por fin consigo enganchar el dichoso globo.

Xavier me ayuda a bajar; usando las manos con cuidado me levanta del taburete y me deja en el suelo.

Por un momento me veo ahí, con mi cuerpo pegado al suyo, y nuestros labios a escasos milímetros de distancia.

Nuestras miradas se encuentran y, por primera vez desde que lo conozco, no veo risa en sus ojos. En cambio, me encuentro con una mirada superseria clavada en mí, y las mariposas se convierten en águilas gigantes.

Me inclino hacia delante (no puedo evitarlo), y él también se inclina, como si de verdad fuese a ir a por el oro y fuese a besarme aquí mismo, ahora, delante de todo el mundo. No es que me importe. Con Cam nunca fui muy partidaria de las demostraciones públicas de afecto, pero con Xavier quiero gritar: «¡A por todas!».

Pero en el último segundo Xavier recula con una sonrisa traviesa en el rostro que tendría que molestarme, pero que, en cambio, me pone un poco tonta. Bueno, un poco mucho, pero ¿qué más da?

—¿Y ahora qué hacemos? —pregunta, y no me había dado cuenta hasta ahora de que tiene un hoyuelito en la mejilla izquierda. No sé por qué, pero está incluso más atractivo.

Tengo un par de propuestas, claro está, pero en ninguna hacemos algo que ayude con la decoración para la merienda-cena. Y como, al echar una ojeada por la sala, veo que Gwen lo tiene todo bajo control, me lanzo a la piscina.

—¿Y si damos un paseo?

—¿Un paseo? —Lo he pillado desprevenido, y mentiría si dijera que no me gusta saber que puedo hacerlo. Pero la sorpresa no debe de durarle mucho porque apenas un par de segundos después asiente y dice—: Me apunto.

—Guay. —Lo cojo de la mano mientras mi cerebro me grita: «¡¿Qué narices estás haciendo?!», y tiro de él por la sala hasta la puerta—. Conozco el lugar perfecto.

Me sigue sin oponer resistencia alguna y salimos por la puerta de la sala de estudio con las manos entrelazadas. De pronto pasamos de ir tirando yo de él a ir los dos caminando cogidos de la mano.

Tiene la piel más suave de lo que me imaginaba; otra cosa que me gusta de él. Y, mientras bajamos las escaleras y salimos por la puerta principal, me pregunto adónde vamos. Lo cual no es una buena pregunta, dado que soy yo la que nos está guiando a ambos.

Pero no hay lugar en el mundo que me conozca mejor que el campus del instituto, así que no tardo mucho en pensar adónde podemos ir. En cualquier otra ocasión optaría por salir fuera, pero ninguno de los dos llevamos la ropa adecuada y no quiero arruinar el momento proponiéndole ir a por unas chaquetas.

Así que decido llevarlo a un sitio al que me gusta ir cuando necesito un rato para pensar. Y veo que ha sido la decisión correcta cuando Xavier abre los ojos como platos en cuanto cierro la puerta detrás de nosotros.

—¿En el Katmere hay un planetario? —pregunta mientras le doy a un interruptor que hace que aparezcan estrellas sobre nuestra cabeza.

—Pues sí.

Acciono otro interruptor y junto a las estrellas aparecen unos planetas que iluminan la habitación lo suficiente para ver los asientos que hay en el centro de la sala. Otro interruptor más y la luna brilla con fuerza mientras un cometa atraviesa el cielo justo por encima de nosotros.

—Es una pasada —me dice al tiempo que me dirijo a los sillones, y soy superconsciente de que sus dedos siguen entrelazados con los míos.

—Pues espera —respondo, y pulso un botón que hay en el podio del señor Bader antes de sentarnos en la segunda fila. Suena una melodía mientras, sobre nosotros, las estrellas y los planetas comienzan a girar—. No es tan bonito como el cielo de Alaska —comento mientras nos dejamos caer en nuestros asientos—. Pero aquí se está más calentito.

—Muchísimo más calentito —coincide, y después reclinamos las comodísimas butacas del planetario para disfrutar del espectáculo que tiene lugar sobre nosotros.

Xavier no me ha soltado la mano, y la parte externa de su muslo está pegada a la parte externa del mío. Es cálido, y fuerte, y huele estupendamente: como a campo y a naturaleza, y a sándalo. Esa mezcla me obliga a esforzarme por no enterrar la cara en su cuello y aspirar su aroma.

—Esto es muy guay —susurra al cabo de unos minutos; con el pulgar me acaricia el dorso de la mano mientras sigue el impresionante espectáculo del planetario.

—Pues sí —admito, y le rozo con delicadeza los nudillos con la yema de los dedos.

Tengo un millón de preguntas que hacerle en la cabeza, un millón de cosas que contarle, pero por ahora estoy muy a gusto aquí sentada viendo cómo cambia el cielo.

Por eso cuando Xavier se vuelve para mirarme al cabo de un par de minutos, con la luz de las estrellas iluminándole el rostro, y se inclina hacia mí, no me espero a encontrarme con él a medio camino. Y cuando nuestros labios se rozan, siento que el corazón me da vueltas, como las estrellas que brillan sobre nosotros.

Y es mucho mejor de lo que podría haber planeado.

2
ECHARLE EL LAZO A UN DRAGÓN
FLINT

Cronología: tras el capítulo 37 de *Furia*

—He quedado como el culo —le cuento a Eden mientras camino de un lado a otro delante de ella en una esquina del campo del Ludares.

—Eso no lo sabes —contesta ella al tiempo que levanta una mano como advertencia mientras se sienta en un banco—. ¿Por qué no respiras hondo un par de veces e intentas relajarte?

—¿Relajarme? Luca me ha pedido salir y yo he graznado como si fuera una puta gallina. Y después no he dejado de parlotear sobre deportes... ¿Qué me pasa? Y luego he salido andando de espaldas de la sala como un bicho raro sin decir una puta palabra, yo qué sé, qué menos que un adiós. ¿Cómo voy a relajarme?

—Porque ahora mismo en su cabeza solo pueden estar ocurriendo dos cosas. Uno, se siente más idiota que tú porque le ha pedido salir al chico que le gusta y ese chico le ha dado calabazas. O dos, entiende que se te haya ido la olla y le encantaría poder hablar del tema contigo.

—O está con la Orden ahora mismo burlándose de lo gilipollas que soy. —Tan solo de pensarlo me pongo malo. A ver, que me merezco que se burlen de mí, me he comportado como un capullo. O un pringado. O ambas cosas—. ¿Quién sale por patas cuando un tío bueno le pide salir? —pregunto mientras me paso una mano por el pelo.

—Alguien que lleva siglos pilladísimo del mejor amigo de dicho tío bueno —responde Eden en voz baja.

Me doy la vuelta para mirarla con los ojos abiertos como platos, estoy seguro de que casi se me salen de las órbitas.

—¿Cómo has...? Es decir, ¿dónde has...? Yo nunca he dicho que...

—Lo siento, pensaba que ya habíamos dado por terminado el turno de autoengaño de la tarde y me he dicho: ¿por qué no vamos al grano? —explica. Ha enarcado las cejas y en sus labios se atisba una sonrisilla, pero su mirada está llena de empatía—. Pero, bueno, que si no te parece bien puedo seguir fingiendo que no tengo ni idea de que llevas enamorado de Jaxon Vega toda una eternidad.

—Yo..., es que... él... —Cierro la boca y respiro hondo para que mis pensamientos se pongan en orden—. Canta mucho, ¿no?

—No para todo el mundo. Pero ¿para mí? Sí. Por supuesto que has entrado en pánico cuando Luca te ha pedido salir. Te toca muy de cerca con lo de Jaxon.

—Ya te digo.

Dejo escapar un suspiro y me desplomo en el banco junto a ella. Se suponía que esta tarde teníamos que entrenar los dos solos para el Ludares. Pero Luca me ha dejado descolocado. Más bien fuera de combate.

Joder, casi estoy seguro de que me ha dejado moribundo. Ojalá supiera qué narices hacer al respecto.

—¿Sabes qué es lo que me resulta más curioso? —inquiere Eden mientras estira sus largas piernas ante ella ahora que ya no corro peligro de tropezar.

Me da hasta miedo preguntar.

—¿Qué?

—Que no le has dicho que no.

—¡Ya te lo he contado! Me ha dado un ataque y he salido a trompicones de allí...

—Porque estabas nervioso. Y sí, flipando un poco —dice con una sonrisa traviesa—. Pero sobre todo nervioso.

—¡Que no estaba nervioso! —rujo.

—Tío, a mí no me vengas con esas. Si sigues nervioso ahora mismo. Se te ve en la cara.

—¡Ya sabes por qué estoy nervioso! —rebato.

—Sé por qué te ha dado el ataque al principio de todo. Pero ¿todo este rollo? —Me señala y dibuja un círculo con el dedo para abarcarme entero—. Te intriga.

—Ya te digo yo que no —contesto, aunque sus palabras han dado en el blanco, en lo más profundo de mi ser.

—Y yo a ti que sí. Si no, lo habrías rechazado.

—Estaba demasiado sorprendido...

—¿Porque un tío bueno piense que tú también estás bueno? —Pone los ojos en blanco—. Venga, por favor. Durante estos años te ha pedido salir muchísima gente y nunca has tenido problemas en rechazar a nadie con un guiñito y una sonrisa. ¿Qué tiene Luca de diferente?

—Jaxon...

—A Jaxon que le den —gruñe Eden.

—No me cabe duda de que Grace estará en ello... —bromeo en un intento de quitarle hierro al asunto, que de repente se ha vuelto muy sofocante.

—Ya sabes a lo que me refiero. Sí, sientes algo por él. Sí, llevas ya un tiempo sintiendo algo por él. —Asiento porque es verdad. Aun incluso cuando pensaba que lo odiaba por lo que le ocurrió a mi hermano, lo quería. Siempre lo he querido—. Pero ahora tiene un vínculo de compañeros con Grace —continúa Eden; sus palabras son como sal para mis heridas ya de por sí abiertas—. Y una parte de ti piensa que se acabó. Que cualquier esperanza que tuvieras de que algo ocurriera entre vosotros ya nunca se va a hacer realidad. Lo cual significa que, en tu subconsciente, ya has empezado el proceso de pasar página. Y quizá la idea de sacar ese clavo con un chico tan tremendo, inteligente y majo como Luca no te disguste tanto como crees.

Admito que su argumento tiene sentido. Desde que me di cuenta de que Jaxon y Grace son compañeros, he pasado por casi todas las fases del duelo. Aún no he llegado a la de aceptación, al menos pensaba que no, pero quizá me equivoque.

Todavía me duele pensar en Jaxon y en dar por perdido todo lo que he soñado sobre nosotros dos durante más tiempo del que estoy dispuesto a admitir. Pero después de haber hablado con Grace esta mañana antes de que el resto llegara al campo, me cuesta admitir que Jaxon pueda pertenecerle a otra persona. Sobre todo cuando ella se porta tan bien conmigo. Me siento como un capullo solo de pensar que estoy enamorado de su compañero. En especial después de todo lo que han pasado esos dos.

Así que, al volver a mi habitación, era evidente que estaba hecho polvo y se lo he soltado todo a Eden, quien siempre parece saber más acerca de mí mismo de lo que me imagino. Y ahora ella me está diciendo lo mismo que me ha dicho Grace, que igual debería empezar a plantearme decir sí en vez de no. Porque lo de Jaxon no va a pasar nunca y, cuanto antes decida aceptarlo, antes encontraré la forma de pasar página y mejor me sentiré.

Yo qué sé. Tiene sentido, pero cuesta usar la lógica cuando parece que se te va a salir el corazón del pecho de repente.

—Al preguntarle acerca del tema, Grace me ha dicho...

—Un momento. —Eden se incorpora y ahora parece escéptica—. ¿Le has pedido consejo a Grace sobre estar enamorado de su compañero?

—Es que ha surgido. Y tampoco es que le haya dicho que hablaba de Jaxon.

Eden sonríe.

—Pues ojalá lo hubieras hecho. Para ver cómo reaccionaba.

Le lanzo una mirada de exasperación mientras me vuelvo a levantar.

—¿A eso lo llamas tú ayudar?

—No sabía que ese fuera mi trabajo —me espeta—. Yo solo he venido a entrenar para el Ludares.

Su respuesta me cabrea, pero en el fondo sé que tiene razón. En todo.

—Lo siento, estoy siendo un borde. —Esbozo una media sonrisa, que es lo máximo que consigo ahora mismo—. ¿Qué crees que debería hacer?

Ella entrecierra los ojos al mirarme.

—¿Quieres que te diga la verdad? ¿O que te siga contando las mismas mierdas que te has estado contando tú solito?

—Si no quisiera la verdad, no te habría preguntado.

—Pues a ver. —Eden se pone de pie, casi pegada a mí. No es tan alta como yo, pero tampoco es que sea bajita, así que capto el mensaje—. Lo que creo es que deberías decirle que sí a Luca. Aunque, si no es tu tipo, búscate a otro que lo sea y pídele salir. Jaxon ya está pillado. Grace es su compañera y eso es para siempre, joder. Así que ya va tocando pasar página. Yo lo sé y, si estás dispuesto a ser sincero contigo mismo, tú también lo sabrás. —Me da una palmadita en el hombro—. Bueno, si no vamos a entrenar para el Ludares, voy a pillarme algo para comer. Me muero de hambre.

Me doy la vuelta para verla marcharse y, justo en ese momento, Jaxon pasa por ahí. Está escribiendo un mensaje, y va tan centrado en lo que está haciendo que ni siquiera se da cuenta de que yo estoy ahí plantado, a menos de un metro de él. Cosa que, si soy sincero, me recuerda todas las veces que he querido llamar su atención y no lo he conseguido.

Y ahí es cuando me doy cuenta. Se acabó, no solo por su parte, sino también por la mía.

Lleno de un empeño que no sabía que tenía, busco en mi bolsillo y saco el móvil. Después trasteo con él hasta dar con el número de Luca.

Siento haberme portado como un capullo antes

Si la invitación sigue en pie, me encantaría salir a cenar contigo

Estoy preparado para esperar un tiempo antes de obtener respuesta por su parte, porque he salido corriendo como si se me estuviera quemando el pelo, pero me responde al instante.

estás muy mono cuando te portas
como un capullo
me encantaría invitarte a cenar
¿qué tal te viene hoy?

Es justo lo que necesito en estos momentos. Bueno, puede que él sea justo lo que necesito en estos momentos. No lo sé. Pero estoy listo para averiguarlo.

3
¡POR LAS CHICAS!
GRACE
Cronología: entre los capítulos 78 y 79 de *Furia*

Grace: ¡Holis! ¿Cómo estás?
Gwen: Bien
Gwen: Triste de haberme perdido la fiesta de la victoria porque mi estúpido brazo no quisiera cooperar
Macy: Te hemos echado de menos
Macy: Qué mal que te siga doliendo el brazo
Gwen: Mañana ya estaré mejor
Gwen: O al menos eso es lo que voy a decir
Eden: ¿Quieres compañía?
Gwen: No hace falta
Gwen: Sé que lo estáis celebrando
Macy: Nos hemos ido pronto de la fiesta
Gwen: ¿Y eso?
Grace: Abre la puerta y lo sabrás

Llamo a la puerta del cuarto de Gwen justo después de darle al botón de «Enviar», y las tres esperamos con paciencia a que nuestra amiga venga cojeando a recibirnos. Y me doy cuenta de que cojea de verdad cuando la puerta se abre de par en par y Gwen pierde el equilibrio al dar un traspié para recorrer la distancia que la separa del umbral de la puerta.

—¡Ostras, tía! —exclama Macy mientras entra afanosa en la habitación—. Tienes una pinta horrible.

—Gracias —contesta la pobre Gwen con ironía—. Es justo lo que quería oír.

—Bueno, tú ya me entiendes —le dice Macy con un gesto de la mano—. ¡Parece que te duela un montón!

—A ver que te ayude —digo en voz baja, y me acerco a Gwen para que pueda pasarme el brazo bueno por los hombros—. Te acompaño hasta la cama y podemos empezar con la fiesta.

Gwen parece superconfusa.

—Pero... Pensaba que ya lo habíais celebrado con los chicos.

—Y no te equivocas —señala Eden poniendo los ojos en blanco—. Pero los tíos son un muermo, ¿no crees?

—Pues... —A estas alturas Gwen parece tener la cabeza hecha un lío total, sobre todo cuando Eden abre la caja de pizza con la que ha cargado y la apoya encima de la cama—. No me lo había planteado.

—*¿Debería ofenderme?* —me pregunta Hudson y se apoya en una pared cerca de mí, aunque todavía está atrapado en mi cabeza—. *Jamás me habían dicho que era un muermo.*

—*Estoy segura de que Eden no se refería a ti* —le respondo al instante.

—*Ah, entonces proseguid.* —Finge bostezar—. *Porque si se refería a Jaxon y a su grupito de memos, a Eden no le falta razón. Son un muermo desde que nacieron, y se ve que la edad no ha ayudado a cambiarlo.*

—Los chicos no son un muermo —interviene Macy—, pero hemos pensado que a todas nos vendría bien una noche de mascarillas faciales, manicura y pedicura, y todas las comedias románticas que podamos ver hasta que salga el sol.

—¿Estáis seguras? —pregunta Gwen mirándonos como si no llegara a entender por qué hemos dejado tirados a los chicos para quedar con ella—. No quiero que os sintáis...

—No nos sentimos nada —la interrumpo—. Bueno, sí, estamos impacientes por probar las mascarillas especiales de Macy. Lleva semanas dándome la brasa.

—Son una auténtica maravilla —comenta mi prima—. He traído cuatro diferentes, así que elegid la que creáis que os va mejor, y que empiece la diversión.

—Parece que no compartimos la definición de lo que es la diversión —irrumpe Hudson con sorna.

—Ya, porque nunca has vivido una buena fiesta de chicas a la antigua usanza —le digo—. *Pero es tu noche de suerte, porque eso está a punto de cambiar.*

—¿A mí también me vais a pintar las uñas? —pregunta fingiendo emoción—. *Me ha llamado muchísimo la atención ese pintaúñas rosa eléctrico que acaba de sacarse Macy del bolsillo. Seguro que a ti también* —añade con malicia.

—Que te den.

Recuesto a Gwen en la cama con cuidado, y me aseguro de dejarla lo bastante lejos de la pizza de Eden y el completo arsenal de mascarillas de Macy para que pueda mantener el brazo en alto.

—¿Quieres que te ahueque las almohadas o algo?

—Que no tiene ocho años, Grace —suelta Hudson socarrón—. *Solo se ha hecho daño en el brazo.*

—¿Por qué te jode tanto ver las muestras de amabilidad básica que puede ofrecer cualquier ser humano? —pregun-

to al tiempo que me acerco hasta donde está con paso airado—. *¿Es porque tú eres totalmente incapaz de demostrarla, o es que hay algo más rondándote la cabeza que debería saber?*

Esta vez, cuando bosteza, lo interpreto como un claro: «Vete a la mierda».

—*Soy un vampiro, Grace. Cualquier cosa básica en los seres humanos se me escapa. ¿O te has olvidado ya?*

—*No me he olvidado de nada. De hecho...* —empiezo a decirle, pero antes de que pueda acabar la frase Eden enciende el televisor.

—¿Qué os apetece ver? —pregunta.

—Nada de películas de acción —contesto; estoy tan muerta después del torneo Ludares que, si pasa mucho tiempo antes de que vuelva a ver cómo le dan un puñetazo a una persona, o no lo veo nunca más, mejor que mejor.

—Y nada de pelis pretenciosas —añade Macy, y estoy segura de que va por mí.

Pero Eden solo resopla.

—¡Eso! —Empieza a pasar un canal tras otro, y no para hasta que se topa con una de mis pelis clásicas favoritas: *Pasión por el triunfo*—. ¿Y esta?

—Nunca rechazaré la oportunidad de decir «puntera» —afirmo riéndome.

—*¿Puntera?* —repite Hudson, pero paso de él y decido ver cómo Moira Kelly se queja de su nueva pareja de patinaje sobre hielo—. *¿La peli va de tecnología?*

—*¿Cómo lo has adivinado?* —replico de forma sarcástica, y después cojo la mascarilla iluminadora que Macy me está ofreciendo.

Abro la mascarilla y me la pongo sobre la cara; luego

me acomodo en el suelo al lado de Macy justo en el mismo instante en el que Doug descubre para qué sirve una puntera.

La noche pasa con una mezcla de risas, pizza, palomitas y tratamientos de belleza. Después de quitarnos las mascarillas y de pintarnos las uñas, Gwen nos saca un buen montón de bártulos para el pelo, y al final acabamos haciéndonos un cambio de look entre nosotras.

Macy se encarga del mío y me hace un recogido bien cardado típico de los años cincuenta para después ponerme pintalabios rojo y pestañas postizas. Al final me siento como si estuviese en un episodio de *Mad Men* o algo parecido.

Yo me encargo del pelo de Eden y le hago unas ondas de sirena y le pongo unos lacitos; después le maquillo los ojos con unas sombras con purpurina y los labios con uno de los brillos de labios de Gwen. Cuando acabo a Eden no parece gustarle mucho el resultado, aunque el resto de nosotras coincidimos en que está preciosa.

Eden le recoge el pelo a Gwen en una coleta y le aplica cacao en los labios, tras lo cual las demás nos morimos de risa. No porque Gwen no esté guapa con coleta y cacao, sino porque no es exactamente el cambio de look que buscábamos.

—¿Qué os hace tanta gracia? —pregunta Eden confusa. Pero eso hace que nos riamos con más fuerza aún, hasta que pone los ojos en blanco y acaba uniéndose a nuestras risas.

Gwen se encarga de Macy; le alisa la melenita como si fuera una modelo de los años sesenta y la maquilla con tonos psicodélicos que, contra todo pronóstico, le quedan de muerte a mi prima. Hasta usa un delineador neón para dibujarle unas flores en la mejilla y, cuando acaba, Macy parece recién sacada de una furgo Volkswagen del festival hippie de Woodstock.

Hace muchísimo tiempo que no me lo pasaba tan bien, e incluso Hudson parece notarlo y me deja sola en cuanto sacamos el pintalabios y la purpurina. Es la primera vez desde que llegué al instituto que me siento como en casa, como si estuviera en mi cuarto con Heather.

Nada de charlas sobre hechos o seres paranormales; nada de preocuparme por mi compañero (o por su hermano malvado, que vive en mi cabeza); y nada de intentar descubrir qué es ser una gárgola. Solo estamos mis tres amigas y yo, pasando el rato, y es genial. Bueno, nosotras y Hudson, pero se ha quedado frito con el tercer «puntera».

El buen rollo sigue mientras vemos *Pasión por el triunfo* y *El sueño de mi vida*, mientras nos cambiamos de look y comemos montones de palomitas, y hasta sigue en el camino de vuelta al cuarto que comparto con Macy.

Pero, cuando nos metemos en la cama, sobre las tres de la madrugada, todas las preocupaciones y todos los miedos que había dejado a un lado vuelven casi al instante. Tumbada mirando al techo, no puedo evitar preguntarme si no voy a disfrutar más de este breve momento de la que era antes mi vida normal.

Y, si es así, ¿cuánto tiempo tardaré en adaptarme a esta nueva vida, a esta nueva normalidad?

4
HACIA RUTAS (MÁS) SALVAJES
LA ORDEN
Cronología: entre los capítulos 108 y 109 de *Furia*

Mekhi: Tenemos que ayudar a Jaxon

Luca: estoy de acuerdo

Luca: no podemos dejarlo así

Rafael: ¿Qué tenéis pensado?

Liam: No sé yo si querrá

Byron: ¿Tú querrías?

Byron: Acaba de perder a su compañera

Mekhi: Y por eso mismo no podemos dejarlo solo para siempre en esa puta torre

Mekhi: ¿Habéis visto lo que le ha hecho a su habitación?

Rafael: Sí.

Rafael: Está hecho polvo

Liam: Entonces ¿qué es lo que estáis sugiriendo?

Liam: ¿Que pongamos en marcha una intervención?

Byron: A mí me gusta tener la cabeza pegada al cuerpo, gracias

Luca: no me digas

Rafael: Bueno, ¿qué quieres hacer, M?

Rafael: ¿Secuestrarlo y que nos piremos a Las Vegas?

Mekhi: Si fuera a funcionar, lo haría

Rafael: ¿Y si nos lo llevamos a Seattle?

Byron: O a Londres

Byron: Podríamos ir a nuestros sitios favoritos
Byron: O incluso descubrir sitios nuevos
Luca: y recordarle que su vida antes de grace molaba
Liam: Si por «molar» te refieres a que no tenía sentimientos...
Rafael: Y a que estaba aislado de todo el mundo menos de nosotros
Luca: y a que tenía los peores padres de la historia
Liam: Bueno, a ver, que sigue teniendo los mismos padres
Liam: En eso nosotros ni pinchamos ni cortamos
Luca: ahí le has dado
Mekhi: Ya, pero el resto es todo verdad
Mekhi: Así que igual Londres no es la mejor idea...
Byron: ¿Por qué no nos adentramos más en las montañas?
Byron: Hay cierto punto del que la gente no pasa
Byron: Tendríamos toda la zona a nuestra disposición
Luca: eso es muy del rollo de jv
Mekhi: Ya ves
Mekhi: Podríamos hacer senderismo, *snowboard*, adelantar un alud o dos
Mekhi: Podría estar guay
Liam: Además, las endorfinas existen
Rafael: ¿En serio? ¿¿¿Las endorfinas existen???
Liam: ¿Qué? Pues ¡claro que sí!
Byron: No me digas, Sherlock
Liam: Bueno, yo lo dejo caer
Liam: Cuesta estar depresivo y hecho mierda cuando estás echándole una carrera a un alud
Liam: Igual solo necesita recordar lo que es tener el cerebro a tope de sustancias químicas de las buenas
Rafael: A mí eso me parece un tanto simple

Mekhi: ¿Se te ocurre una idea mejor?
Rafael: Si se me ocurriera ya lo habría dicho
Luca: pues entonces el plan es este
Luca: nos llevamos a jaxon a la montaña profunda
Liam: ¡¡¡Deportes extremos a lo vampiro!!!
Liam: A mí me parece una pasada
Byron: ¿Y si no funciona?
Mekhi: Pues, si no funciona, probamos con otra cosa
Mekhi: Y seguimos probando hasta que encontremos algo que funcione, joder
Mekhi: Porque me da miedo lo que le pueda pasar si lo dejamos así mucho tiempo
Byron: Yo quiero añadir una cosa
Byron: Todos queremos ayudar a Jaxon
Byron: Yo el primero
Byron: Pero es que esto no sigue una línea temporal
Byron: No podemos ir a hacer *snowboard* por las montañas, esperar unas cuantas semanas y volver a empezar sin más
Byron: Lo de perder a una compañera no funciona así
Byron: Al contrario, va alimentándose de tu alma poco a poco y te golpea cuando menos te lo esperas
Byron: Tú sigues adelante, crees que no te estás ahogando y de repente pasa algo que te hunde por completo
Byron: Jaxon no va a «superar» el haber perdido a Grace
Mekhi: ...
Luca: ...
Liam: ...
Rafael: ...
Byron: Lo siento
Byron: No quería embajonaros
Mekhi: Y no lo has hecho

Liam: Lo siento, tío

Rafael: No era nuestra intención ser unos insensibles

Luca: ¿hay algo que podamos hacer por ti?

Byron: No, parad

Byron: La cosa no va de mí

Byron: Solo quería recordaros que esta mierda no desaparece un día y ya

Byron: Que no hay salida fácil

Liam: Conque ¿no hay noche de chicos en la montaña?

Byron: Sí, claro, habrá noche de chicos

Byron: Pero preparaos porque va a haber un montón

Byron: Una no va a ser suficiente

Mekhi: No me digas

Luca: igual debería comprar una tienda de campaña

Liam: Igual deberías comprar seis

Liam: Porque me niego a dormir con tus pies tocándome la cara

Luca: tío

Luca: cómprate tú la tuya

Mekhi: Yo no pienso comprarme una tienda de campaña

Byron: Ni yo

Byron: No duermo en el suelo

Liam: ¿Sabes que hay colchones hinchables?

Rafael: Sí, ¿vas a ser tú el que le diga a Jaxon Vega que tiene que dormir en un colchón hinchable?

Liam: Ahí me has pillado

Rafael: Pues como siempre

Luca: la humildad te sienta de miedo, rafa

Rafael: A mí es que todo me queda bien

Rafael: Es un regalo y a la vez una maldición

Byron: Cuidadito o vas a acabar sonando como Liam

Liam: ¿Y eso qué cojones quiere decir?
Mekhi: Bueno, ¿hay plan o no?
Luca: que sí
Byron: Jaxon, *snowboard*, montaña, alud
Luca: y aclaramos y repetimos tantas veces como haga falta
Rafael: No os olvidéis de las endorfinas, colegas
Rafael: Las endorfinas son muy importantes
Liam: Que te den
Liam: ¿Y qué cojones querías decir antes con eso de que iba a sonar como yo?
Mekhi: Última pregunta
Mekhi: ¿Quién se lo cuenta a Jaxon?
Liam: ¿Cómo que «última pregunta»?
Liam: Yo tengo más preguntas
Liam: ¿Es que las mías no cuentan?
Byron: Ya se lo cuento yo
Byron: Creo que viniendo de mí se lo tomará mejor
Luca: que la fuerza te acompañe
Byron: Ya, porque *Star Wars* me va a ayudar mucho en esta situación
Luca: a ver, *star wars* ayuda en todas las situaciones
Rafael: Ahí le has dado
Mekhi: ¿Mañana por la noche?
Byron: Por mí guay
Byron: Esta noche me paso a hablar con él
Byron: Igual deberíais pensar en poneros a cubierto un rato
Liam: Que le den a ponerse a cubierto, yo me voy bien lejos
Luca: yo peino la zona para encontrar un sitio guay
Rafael: Yo pongo la neverita
Mekhi: Y yo me pasaré para ver cómo está después de que se haya desahogado con Byron

Liam: Creo que tendríamos que inventarnos un grito de guerra para disolver la reunión

Liam: Aunque sea 3, 2, 1, ¡fuera!

Liam: ¿Quién quiere empezar?

Liam: ¿?

Liam: Al menos podríais haber dicho que ya hablaríamos luego

5
QUE COMA PASTELES
GRACE
Cronología: principio de *Furia*

Mi voz se va apagando al tiempo que Jaxon se aparta y por fin puedo ver bien mi lado de la habitación (todavía decorada de rosa eléctrico). Y la bandeja llena hasta arriba de cosas que descansan a los pies de mi cama.

—¿Cuándo has preparado todo esto? —pregunto con cara de sorpresa mientras me acerco para echar un vistazo.

—Te has pasado una eternidad con Marise. Tenía que ponerme a hacer algo o me iba a volver loco.

—¿Así que se te ha ocurrido prepararme una comida de cuatro platos?

—Querrás decir que se me ha ocurrido insistirle a la cocinera para que te la preparara —contesta con una gran sonrisa—. La comida no es mi fuerte, la verdad.

—No sé yo, ¿eh? Recuerdo unos gofres riquísimos que me preparaste tú.

—También fueron obra de la cocinera. —Entonces inclina la cabeza señalando mi cama—. ¿No vas a probar nada?

—Sí, en un segundito. —Me pongo de puntillas y le rodeo el cuello con los brazos—. Eres un amor —le susurro.

—Ya, bueno, no lo vayas contando por ahí, por favor —dice poniendo los ojos en blanco—. Lo que menos necesito ahora mismo es que les des ideas a los lobos.

—Tu secreto está a salvo conmigo —respondo, y le doy un beso en la mejilla.

Jaxon resopla y está a punto de añadir algo más, pero otro rugido larguísimo de mi estómago lo interrumpe. Esta vez ambos nos echamos a reír y Jaxon me acompaña hasta la cama.

—¡A comer! —me dice.

—Vale, vale.

Me despatarro en la cama, y siento cómo mi cuerpo se relaja por primera vez en lo que me parece una eternidad. No sé cómo lo ha hecho, pero la bandeja que me ha traído está hasta arriba de todas mis cosas favoritas: Pop-Tarts de cereza, tarta de chocolate, tacos de pollo y un montón de fresas. Además, también hay un sándwich de pollo, pero para mí es lo menos interesante de todo el menú.

Cojo una de las dos latas de agua con gas que hay (de sabor a naranja, claro está) y la abro. Mi idea era darle un sorbito y ya, pero en cuanto noto el agua por la garganta me doy cuenta de que me muero de sed. En plan «estoy en mitad del desierto en pleno julio». Al final me la termino de una sentada.

Cuando acabo, al bajar la lata me encuentro a Jaxon observándome con una mezcla de preocupación y diversión en la mirada. Me ruborizo por la vergüenza, pero ¿qué voy a decirle? Bueno, aparte de...

—Pues parece que ser una gárgola te deja sedienta.

—Eso parece, sí. —Jaxon se estira y abre la segunda lata antes de pasármela—. ¿Quieres que vaya un momento abajo a por más?

—No. —Extiendo el brazo y entrelazo la mano con la que tiene libre—. Quiero que te quedes aquí conmigo.

—Guay. Yo también quiero quedarme. —Levanta la mano y me aparta un rizo suelto que tenía delante del ojo.

Cojo la lata que me ofrece y doy un sorbo con mucha más tranquilidad. Cuando la dejo en la bandeja Jaxon pincha un pedazo enorme de tarta de chocolate con el tenedor y me lo acerca a la boca.

—¿Cómo sabías que la tarta era mi primera opción? —pregunto inclinándome para aceptar el trozo.

Jaxon no me contesta, pero el brillo de picardía que veo en sus ojos es tan intenso que me pongo roja otra vez. ¿Qué tiene este chico que me apabulla tanto?

En cuanto trago el primer bocado de tarta Jaxon ya me está ofreciendo un segundo trozo incluso más grande que el primero. Me echo a reír antes de devorarlo (una visión muy atrayente, sin duda), pero cuando lo veo coger un tercer pedazo le agarro la muñeca con la mano.

—Si no supiera ya que eres un vampiro, lo habría descubierto ahora mismo —le digo.

—¿A qué te refieres? —me pregunta confundido.

—Pues a que es muy evidente que estás acostumbrado a beberte lo que comes.

—¿Lo que me estás queriendo decir es que lo estoy haciendo mal? —dice enarcando la ceja izquierda.

—Lo que te estoy diciendo es que deberías dejar que lo hiciera yo.

—Perdona —contesta, y me tiende el tenedor—. Es que siempre parece... Cuando el chico le da de comer a su amada en las películas, parece que para ambos es todo un placer. Así que he pensado que, bueno..., déjalo.

Niega con la cabeza con pinta de estar avergonzado, y

yo me derrito. Me derrito en plan «un cubito de hielo en un día de altas temperaturas».

—Estar contigo sí que es un placer —le digo con la enorme cursilería que me despierta mientras le cojo la mano y me la llevo a los labios para darle un beso—. Y eso es mucho más importante.

Esta vez enarca ambas cejas.

—Sabes que me lo has dejado en bandeja, ¿no?

—Lo sé, sí. —Y pestañeo de forma superfalsa y exagerada—. Y eres todo un caballero por no haberlo aprovechado.

—Solo quería asegurarme de que lo sabías. —Ahora una sonrisa enorme le ocupa la cara, y puede que sea la sonrisa más grande que le haya visto esbozar. Se le deforma un poquito la cicatriz, que se estira, pero está demasiado ocupado chinchándome como para darse cuenta... o para que le importe.

Toda mi alma se une a mi corazón en el charquito del suelo, pero no soy tan tonta como para no saber que demostrárselo (sobre todo en este caso) será la forma más rápida de que vuelva a cerrarse en banda.

Así que, en vez de regodearme, que es lo que me apetece hacer, le lanzo una mirada de superioridad y le digo:

—Ah, créeme que lo sé. —Después le devuelvo el tenedor y añado—: Esta vez que sean trocitos más pequeños, ¿vale?

Se queda quieto un instante, pasando la mirada del tenedor a mí. Veo que lo he sorprendido, que he dejado descolocado al todopoderoso Jaxon Vega.

Está guay, sobre todo porque él lleva dejándome descolocada desde la primera vez que lo vi.

Pero no dice nada. En cambio, coge con el tenedor otro pedazo de tarta (uno mucho más pequeño que los anteriores) y me lo acerca a la boca.

Y yo lo acepto. Cómo no.

Después de pasar tres meses y medio sin Jaxon, poco hay que no sea capaz de hacer por él. O por nosotros.

Cuando por fin me siento llena, ya he conseguido acabarme toda la ración de tarta de chocolate, la mitad de las fresas y los dos tacos. Me he bebido también la segunda lata de agua con gas y he asaltado el pequeño arsenal de Dr Pepper de mi prima, pero algo me dice que no le importará.

Jaxon y yo no dejamos de hablar mientras como. Me pone al día de lo que ha pasado en el instituto cuando no estaba, y yo lo pongo al día de... absolutamente nada de nada. Vale, esto de no tener recuerdos es una puñetera mierda.

Pero no importa. Tras la montaña rusa de emociones que he vivido antes, está guay poder sentarme aquí sin más, atiborrándome al tiempo que él me cuenta cosas de Mekhi, de Macy, y me confiesa lo mucho que odia la clase de Latín.

Pero al final empieza a sonar la alarma de su móvil. Jaxon la apaga con una mueca y se levanta de la cama.

—Tengo que irme —me dice mientras se mete el móvil en el bolsillo—. Esta semana tenemos trimestrales y tengo examen de Latín en diez minutos. Me lo saltaría si no valiera el treinta por ciento de la nota.

—No te preocupes. —Dejo la bandeja a un lado y lo acompaño hasta la puerta—. Voy a meterme en la ducha y luego yo también iré a clase. Quiero quitarme de encima lo de que la gente se quede mirando embobada a la gárgola cuanto antes, así mañana podré volver a la normalidad.

—Nadie se va a quedar mirando embobado a la gárgola.

—Venga ya. No puedes decirlo sin reírte. —Pongo los ojos en blanco y continúo—: Todo el mundo se me va a quedar mirando, y lo sabes.

—Pues devuélveles la mirada —contesta encogiéndose de hombros—. A mí me funciona.

—Te funciona porque eres un príncipe. Y porque los tienes a todos acojonados.

—Y tú ahora eres una gárgola. Te juro que en estos momentos te tienen mucho más miedo a ti que a mí.

—Ya, seguro. Si yo solo puedo convertirme en piedra. La hostia de terrorífico.

Jaxon pone una cara rara, pero no dice nada más. En cualquier otra ocasión lo presionaría, pero tiene que marcharse a clase y, la verdad sea dicha, yo también tengo ganas de ir. Cuanto antes pase la primera clase, más fácil será ir a la siguiente.

Es probable que ese sea el motivo de que se me encoja el estómago un poco cuando Jaxon se inclina para darme un beso de despedida; porque estoy preocupada, nerviosa y un pelín desquiciada. A ver, no puede ser por él, no cuando lo único que ha hecho ha sido ser todo un amor desde que ha entrado en el despacho de mi tío hace dos horas.

Aun así me echo hacia atrás cuando se inclina para rozarme los labios con los suyos y, aunque no habla, veo la pregunta en sus ojos. Pero no tengo ni idea de qué decirle, puesto que ni yo misma me entiendo. Así que al final sonrío y le digo:

—Mucha suerte en el examen.

Me devuelve la sonrisa, pero no intenta volver a besarme. En cambio se despide con la mano mientras se adentra en el pasillo.

—Luego te escribo. Si te encuentras bien, podríamos quedar para cenar.

—Sí, claro, estaré bien. Pero igual es mejor que te pases por aquí cuando estés libre. No sé qué le ha ocurrido a mi móvil, así que no puedo enviar mensajes.

—¿Lo has perdido? —me pregunta sorprendido.

—Supongo. A ver, lo tenía el día que me convertí en piedra, pero esta mañana he ido a enviarte un mensaje y me he dado cuenta de que no estaba. Y como no me acuerdo de nada de lo que he hecho los últimos cuatro meses, bueno, quitando lo de imitar a una estatua, no tengo ni idea de por dónde empezar a buscar. Así que... sí, he perdido el móvil.

—Ni se me había pasado por la cabeza. Tendría que haberlo pensado. —Estira el brazo como si fuera a apartarme el pelo de la cara, pero se detiene a medio camino... y eso me hace sentir mil veces peor y un millón de veces más incómoda.

—A clase —le digo—. El examen de Latín no perdona.

—Ya. —Me mira con una sonrisilla ladeada—. Luego nos vemos.

—Eso espero.

Lo veo marcharse y, después de cerrar la puerta, me dejo caer al suelo. Es duro perder tres meses y medio de tu vida, más duro de lo que pensaba. Y mientras observo la supercomida que me ha traído el maravilloso novio que tengo, no puedo evitar preguntarme si tres meses y medio es demasiado tiempo. Y si podremos recuperar lo que hemos perdido.

El verdadero norte

Cronología:
al principio de *Ansia*

Prólogo
CORAZÓN DÉBIL, DIRECTOR JUSTO FOSTER

Llaman a la puerta de mi despacho y se me cierra el estómago antes de que pueda evitarlo. Lo cual es absurdo. Es un alumno. Puede que sea el alumno más poderoso que ha pisado este instituto, pero sigue siendo solo un alumno. Y yo soy el director. Esta charla es más que necesaria. Hace tiempo que tendríamos que haberla mantenido, y se la debo.

—Adelante —digo, y hago a un lado el desasosiego que me recorre la espalda cuando me levanto de la silla con la intención de recibirlo en la puerta.

Pero los vampiros son rápidos cuando algo les interesa, y lo tengo plantado delante antes de que pueda siquiera rodear la esquina del escritorio.

Nuestras miradas se encuentran y mi desasosiego aumenta a pesar de lo mucho que me estoy esforzando por evitarlo. En sus ojos veo hastío, y recelo, y tal cantidad de poder que resulta desconcertante incluso para un hombre que se ha pasado la vida lidiando con los hijos de las personas más ricas y poderosas.

Aunque la causa de mi desasosiego no es ni el hastío ni el poder. Lo que me preocupa es el dolor que se esconde en la profundidad de su mirada; y no por mi propio bienestar, sino por el Katmere. Por mis alumnos. Y por él.

El dolor forma parte de la vida, y en el caso de los estudiantes que han tenido una vida normal (extraordinaria, sí, pero a su manera normal), ese dolor no me inquieta. Siempre hay algo de desasosiego al crecer. Pero en el caso de los alumnos como Hudson Vega, que han experimentado ese sufrimiento casi cada minuto de su existencia y es lo único que conocen, dicho dolor me aterra.

Es imposible saber de lo que son capaces. Y es imposible saber cómo reaccionarán los demás ante ellos por miedo.

Y, por todo esto, me encuentro ante un dilema sin solución. Aunque, por otro lado, él también. Es precisamente ese pensamiento, esa afirmación, lo que al final me aplaca los nervios y hace que le indique que se siente en la silla que hay frente a mí con un gesto de la mano.

—Siéntate, por favor.

Hudson acata sin rechistar. Es un chico muy educado.

Me esperaba que dijera algo, que me preguntara por qué le había pedido que se presentara en mi despacho. Pero lo he subestimado. A fin de cuentas no deja de ser el hijo de Cyrus Vega. Si hay algo que sabe en esta vida es pensar a largo plazo; justo lo que está haciendo ahora mismo, desde luego. Está esperando a que dé el primer paso para decidir cómo quiere abordar la reunión.

Una pena que yo contase con hacer lo mismo.

Pero, claro, soy yo quien lo ha hecho venir, y eso sin olvidarnos de que también soy el único adulto de la habitación, así que supongo que lo justo es que sea yo quien tome la iniciativa. Por eso me aclaro la garganta, me recoloco la corbata y le digo:

—Estoy seguro de que te preguntas por qué te he pedido que te reúnas aquí conmigo. Solo quería confirmarte que no te has metido en ningún lío.

Como poco esperaba ver una fugaz mirada de alivio en su rostro ante mi declaración, pero lo único que hace es enarcar una ceja sin desviar sus ojos azules de los míos. Una mirada con la que quiere que sepa que no había en su mente ni un atisbo de preocupación por haberse metido en problemas. Y que está aquí, en mi despacho, porque esa ha sido su decisión, no porque fuera una obligación.

Teniendo en cuenta que todavía no ha pronunciado una sola palabra, he de admitir que estoy más impresionado de lo que me gustaría.

—No ha habido alumnos heridos durante tu... —hago una pausa mientras intento elegir la palabra correcta con la que describir lo que ha pasado después del Ludares, hasta que la encuentro— demostración. El estadio se puede reconstruir, contar con un par de ingenieros expertos en brujería en la plantilla nos será de ayuda, y podemos plantar otros árboles en el claro. Tardaremos un poco más en restaurar los terrenos que rodean la zona, pero para eso está la magia de la tierra.

Ahora enarca las dos cejas, y ya no muestra un rostro inexpresivo. En cambio, no habría palabras que expresaran mejor que si creo que le importan una mierda los desperfectos que ha causado hoy, es que debo de ser más tonto de lo que él pensaba.

A veces este trabajo es una puñetera basura. La razón principal por la que asumí la dirección del Katmere fue porque quería ayudar a estos chicos a convertirse en los mejores paranormales adultos posibles. Y gran parte del tiempo ha sido todo un placer hacerlo. Vale, sí, los chavales se pasan un poco con las bromas que gastan, y sí, está todo el tema de la presión de los padres, las chuletas y esas cosas que pasan en cualquier otro instituto. Pero, por lo general, mi trabajo se basa sobre todo en hacer lo que me gusta: ayudar a los alumnos a desarrollar todo su potencial.

Pero muy de vez en cuando me topo con un estudiante complicado; personas con tantísimo poder y potencial en su interior que deberían tener el mundo a sus pies. Puedo ver cómo el más alucinante de los futuros se abriría ante ellas con solo permitirse estirar la mano y cogerlo. Pero algo las frena, o se sabotean a sí mismas una y otra vez, y llegar hasta ellas es toda una lucha.

Hudson es una de esas personas. Sé que no se trata solo de un autosabotaje (crecer con un cabronazo asqueroso como Cyrus como padre trastocaría a cualquiera), pero aun así... Ojalá consiguiera que bajara la guardia el tiempo suficiente para dejar que me acercara a él. El tiempo suficiente para que confiara un poco en mí. Me las apañaría con eso. Ambos nos las apañaríamos. Y sería muchísimo mejor que estar aquí sentado preguntándome si me hará desaparecer de la faz de la tierra si meto la pata.

Pero, bueno, el mundo es de los valientes; el mundo y cualquier cosa que valga la pena. Así que inspiro hondo y saco el tema del que de verdad quiero hablar con él.

—Hudson, no sé si eres consciente de esto, pero tienes una plaza en el instituto Katmere si la quieres. —Y por fin lo veo en el repentino espasmo de su cuerpo y en el primer atisbo de emoción en su rostro desde que ha entrado en mi despacho: lo he sorprendido. Bien. A lo mejor, si consigo que mantenga la guardia baja, podremos progresar de ver-

dad—. Dadas las lamentables circunstancias de las que fueron tus últimas semanas en el instituto...

—¿«Lamentables circunstancias»? —pregunta con aire burlón.

Pillo el sarcasmo, en vista de que esas «lamentables circunstancias» incluyen su participación en la muerte de varios alumnos del Katmere y terminaron con su propia muerte a manos de su hermano. De hecho, quizá me haya quedado corto con la palabra *lamentable.*

Me froto el pecho en un intento vano de aliviar el dolor que siento en él y me obligo a concentrarme en los problemas actuales.

—Ambos sabemos lo que ocurrió —le digo tras unos minutos de silencio—. Y no considero necesario que ninguno de los dos se preocupe por eso ahora.

—Igual que no es necesario que ninguno de los dos se preocupe por el hecho de que acabe de derribar un estadio y que haya convertido los huesos del rey vampiro en polvo.

Intento elaborar una respuesta diplomática ante su afirmación, pero no creo que haya ninguna. Así que en su lugar solo digo lo que pienso de verdad:

—Los dos sabemos que Cyrus se lo merecía.

Esta vez mi comentario lo sorprende de verdad, y noto cómo baja un poco más la guardia. Cosa que me alegra porque por fin siento que tengo una oportunidad de hablar con él.

—Cyrus se merecía mucho más que eso —me contesta con ese tajante acento británico suyo.

—Cierto. Pero esa es otra de las razones por las que quería hablar contigo. Quiero que sepas que, mientras seas alumno del Katmere, estás bajo la protección del instituto.

Bajo mi protección. Me aseguraré de que estés a salvo de las represalias de tu padre. Y ambos sabemos que habrá represalias.

—Que lo intente —responde mientras estira las piernas.

Clavo la mirada en sus ojos.

—No llegaste a graduarte la última vez que estuviste aquí. —Hudson abre los ojos como platos y yo insisto—. Todavía faltan tres meses para que acabe el curso escolar. Si apruebas las asignaturas que te perdiste y compensas las horas de clase que te faltan, podrías graduarte este año con los de último curso.

—Con mi hermano —añade centrándose en uno de los mayores peligros de toda esta situación—. Podría graduarme con Jaxon.

—Sí —afirmo con cautela—. Pero he de advertirte que no toleraremos represalias de ningún tipo. Sé que las cosas no acabaron bien entre vosotros dos...

—Si por «no acabar bien» te refieres a que hizo todo lo que estuvo en su mano para matarme, pues sí. Las cosas no acabaron bien —suelta con un bufido.

Suspiro y, visto que a este chico no le va mucho el tacto, decido poner las cartas sobre la mesa. Debo intentarlo.

—Tienes que controlarte, Hudson. Teniendo en cuenta lo que pasó con Damien Montgomery y los otros alumnos, estás en terreno pantanoso en lo que respecta al resto del Katmere, así que debes cumplir las reglas. No hagas nada que pueda hacer que te ganes la expulsión, ¿vale?

—Vamos, que me estás diciendo que no mate a Jaxon, ¿no?

—Sí, por el amor de Dios, no mates a Jaxon, por favor. Ni a nadie.

—Era de esperar que el director echase a perder la única gracia de volver al instituto —contesta.

Sé que está de broma (la diversión irónica que veo en sus ojos así lo confirma), pero aun así me veo en la necesidad de añadir una última advertencia.

—Hudson...

—Tranquilo, Foster. No está en mis planes matar a nadie que no intente antes matarme a mí o a Grace.

—¿A Grace? —pregunto asombrado ante la intensidad que destila al pronunciar su nombre—. ¿Qué tiene que ver mi sobrina con que tú te quedes en el Katmere para graduarte?

No me contesta; menuda sorpresa. Pero seguro que se crea una especie de conexión cuando te ves obligado a vivir en la cabeza de una persona durante semanas o, en realidad, meses. Quizá se refiere a eso. Sea como fuere, no es que me ilusione precisamente la idea de que Grace pase el rato con el ser paranormal más peligroso que ha recorrido los pasillos del instituto. Ya está con Jaxon, y bastante miedo me da eso de por sí.

Ha vivido mucho más de lo que debería vivir cualquier adolescente de diecisiete años. No es necesario que añada a Hudson Vega a la lista de cosas que le harán daño.

—Aquí tienes tu horario —le digo mientras le paso el folio que la señorita Haversham me ha dado antes—. Es el mismo que tenías antes de que... —De nuevo me atasco al buscar la forma de expresar lo que ocurrió el año pasado.

—¿De que muriera? —acaba la frase sin problema alguno.

—Tu habitación sigue siendo la misma; nunca nos pasamos a despejarla, así que puedes reinstalarte allí. —Estiro la mano, abro el cajón y saco las llaves. Pero, cuando estiro el brazo para dejárselas en la palma de la mano, no puedo evitar hacerle otra advertencia—. Debes centrarte en tus estudios durante los próximos meses. Y Grace también.

—¿Me estás pidiendo que me aleje de tu sobrina? —me pregunta, y tiene las cejas tan levantadas que le tocan el nacimiento del pelo.

—Te estoy pidiendo que hagas lo correcto, por el bien de los dos.

Hudson se echa a reír al tiempo que coge las llaves que le tiendo.

—Como si existiera tal cosa.

Estoy a punto de preguntarle a qué se refiere, pero antes de que pueda pronunciar la primera palabra ya se ha ido.

Cuando la puerta se cierra casi voy tras él para decirle que se olvide de mi propuesta. Pero el chico necesita una oportunidad, y no es que alguien vaya a dar un paso al frente y dársela. Así que tengo que hacerlo yo.

Solo espero no estar cometiendo un grave error.

1
NO SEAS UN KANTAMAÑANAS

Me sudan las palmas de las manos y, si no me conociera, pensaría que estoy nervioso. Pero nunca me pongo nervioso, así que será otra cosa. ¿Tal vez la gripe? ¿Una fiebre tropical rara? ¿Ébola? A ver, es cierto que los vampiros no suelen pillar esas mierdas, pero siempre hay una primera vez para todo. Y con la suerte que tengo últimamente, sin duda hoy sería el día perfecto para contagiarme de alguna (o de todas).

Y nunca se puede pecar de ser demasiado cuidadoso. Joder, solo ha pasado una hora desde que Foster me ha dado mi horario de clases y no quiero contagiar a todo el mundo, así que igual debería volver a mi habitación y...

Mierda. Me he convertido en un gilipollas cobarde, ¿no? Prefiero huir del desastre en el que se ha convertido mi vida que enfrentarme a ello.

Ya me pasó cuando dejé que Jaxon creyera que me había matado. Ni de puta coña pienso volver a hacerlo.

Es esa reflexión la que me impele a darme la vuelta y a extender la mano hacia la puerta del aula. A tomar por culo. ¿Qué es lo peor que podría pasar? ¿Que Jaxon intente matarme? Ya he sobrevivido a eso antes. Puedo volver a hacerlo. Y esta vez estaré preparado para devolvérsela al muy cabrón. Como si no se lo mereciera.

Aun así me siento como si me hubieran dado un puñetazo en el estómago a traición cuando lo veo con Grace, acurrucados los dos en su pupitre. A pesar de que ayer estuvo a punto de morir, está preciosa. Pero preciosísima, con su melena rizada cayéndole por la espalda y con las ojeras menos marcadas bajo los ojos.

Voy hacia ella por instinto, pero me detengo cuando me quedan unas dos filas para llegar. Está sentada con Jaxon y con Flint. Seguro que ninguno quiere que me acople. Y tampoco me apetece que la primera vez que hablo con Grace desde que le solté que era mi futura compañera sea en medio de una clase abarrotada. Muchos aspectos de su vida ya son un espectáculo público. No hay por qué hacer que lo que quiera que esté ocurriendo entre nosotros también lo sea.

Acabo deslizándome en uno de los pupitres de la fila de atrás. Después saco mi libro de Ética sin estrenar y empiezo a leer en un intento de ponerme al día con lo que tengo pendiente. Y para evitar el contacto visual con cualquiera que esté en la clase. Grace aún no me ha visto, pero un huevo de gente sí y no tengo interés alguno en hablar con nadie.

Estoy aquí por Grace y para graduarme. Todo el mundo y todo lo demás puede irse a tomar por saco.

Los primeros veinte minutos de la clase transcurren sin incidentes; empiezo a pensar que vamos a conseguir acabar el ejercicio ilesos. Pero entonces la señora Virago, como el dechado de piedad y comprensión que es, me selecciona para contestar una pregunta acerca de Kant.

Sé que piensa que va a pillarme con el culo al aire, es de esas profesoras que se recrean en eso, pero ya me he leído todo lo que escribió Kant, y eso sin contar las diferentes interpretaciones de su trabajo.

Así que cuando me pide que explique el imperativo categórico, me encojo de hombros y contesto:

—Kant sostiene que la gente obra según la ley moral de hacer el bien, incluso aunque eso implique que las consecuencias de sus actos a veces sean negativas.

Grace vuelve la cabeza de repente al oír mi voz, pero me percato de que ni mi hermano ni Flint miran en mi dirección. Lo cual significa que saben que estoy aquí desde el principio y han decidido ignorarme.

Que, oye, me parece bien. Tampoco es que yo haya ido hasta Jaxon con los brazos abiertos, el muy capullo robanovias.

—Pero ¿qué quiere decir? —pregunta la señora Virago mientras recorre el pasillo en mi dirección—. Es un buen resumen de su teoría, pero ¿qué significa eso en realidad si lo analizas en la práctica?

Comienzo a sostener un argumento magnánimo, pero en ese momento la mirada castaña de Grace se encuentra con la mía. Aprecio en ella tanta confusión, tanto miedo, dolor y preocupación que me deja descolocado por completo. No es que me haya olvidado de la respuesta, es que prácticamente me he olvidado de mi puto nombre.

Pero, bueno, ella siempre ha ejercido ese efecto sobre mí. Ni siquiera al principio de estar juntos podía resistirme a...

Cambio totalmente el curso de mis pensamientos antes de profundizar más en el tema. Estoy en plena clase, con una profesora y treinta alumnos más mirándome. Lo último que quiero ahora mismo es pensar en cómo eran las cosas antes entre Grace y yo. Y en lo muchísimo que me duele que ya no sean así. Sentirlo es una cosa. Dejar que el mundo entero vea lo que siento es algo distinto.

Por desgracia la señora Virago malinterpreta mi repentino silencio como incapacidad para responder y tantea a la clase:

—¿Alguien puede echarle una mano a Hudson?

Estoy casi seguro de que la respuesta a esa pregunta es un «no» rotundo, pero parece ser que he subestimado a mi hermanito. Porque se ofrece voluntario tan deprisa que es evidente que tenía la contestación en la punta de la lengua todo lo que llevamos de clase y estaba esperando su oportunidad para hacer gala de ello.

Una pena que se lo haya dejado en bandeja de plata.

—A veces matar a tu hermano puede ser ejemplo de lo moral —explica de forma tan modesta que es imposible pasar por alto que está haciéndolo para quitarme de en medio... otra vez.

La señora Virago abre los ojos como platos y pasa la mirada rápidamente entre los dos, como si estuviera intentando averiguar si la Guerra Mundial Vega está a punto de estallar en su clase. Supongo que es razonable dadas las circunstancias.

Pero me niego a darle a Jaxon la satisfacción de asestar el primer golpe durante la primera mitad de mi primera clase desde hace más de un año. El muy imbécil no se lo merece, joder. En vez de eso, le sonrío como si quisiera decir «*touché*». Y si resulta que mi sonrisa parece tan fría que varios de los aquí presentes se echarán a temblar, pues mejor.

Sobre todo porque parece que la señora Virago no ha

aprendido la lección. En vez de pasar de la respuesta de Jaxon a otro tema tan rápido como se lo permiten sus taconazos de doce centímetros, insiste con la preguntita.

—Entonces, si eso es lo correcto y moral —anuncia (joder, gracias por el apoyo, profe) y después se detiene para aclararse la garganta—, ¿qué es lo malo que puede derivar de ello?

—¿Qué tal que tu novia —me niego a dirigirme a Grace como su compañera— esté a puntito de convertirse en un sacrificio humano para resucitar a tu hermano y que sea todo culpa tuya?

Jaxon entrecierra los ojos y el suelo bajo nuestros pies empieza a temblar. Parece ser que todavía no le ha pillado el truco a lo del autocontrol. Pero, bueno, al chico lo han criado entre algodones, por mucho que estuvieran dentro de una cueva. ¿Por qué iba a molestarse en controlarse cuando no tiene ni idea de cuánto daño podría causar si no lo hiciera?

Mientras tanto la bravuconería de la señora Virago la abandona y sale pitando a la parte delantera de la clase.

—Quizá deberíamos dedicar lo que queda de clase a redactar una reflexión personal acerca de la teoría de Kant —comenta al resto del alumnado—. Describir alguna ocasión en la que en teoría hicisteis lo correcto, aunque el resultado fuese nefasto, y si pensáis que tomasteis la decisión acertada o no.

—¿Es un trabajo en grupo? —pregunta una loba desde la primera fila y mueve la coleta de un lado a otro con cada palabra.

—¿Qué parte de «reflexión personal» significa «redacción grupal» en tu cabeza? —inquiere la señora Virago de forma mordaz.

La loba no contesta, pero agacha la cabeza y empieza a escribir a toda pastilla.

Yo la imito, pues no quiero pasar ni un segundo más de lo necesario aquí dentro. Pero cuesta mucho escribir acerca de las decisiones moralmente correctas que he tomado cuando mi compañera, quien ahora mismo está enamorada de otro tío, no deja de observarme con el rabillo del ojo.

Cree que no me doy cuenta de que me está mirando, pero eso es porque todavía no comprende que estoy en sintonía con ella. Si respira, lo siento; si parpadea, lo oigo. He vivido meses dentro de su cabeza, y eso después de todo lo que pasamos para encontrarnos por primera vez. No hay nada que ella pueda hacer que yo no sienta en lo más profundo de mi alma.

Termino mi redacción en un tiempo récord. Tampoco es que sea una tarea muy complicada, he hecho mil cosas que pensaba que estaban bien y que se han acabado torciendo. La entrego y me dirijo hacia la puerta. Estoy a mitad del pasillo cuando Grace comete el error de intentar echarme una mirada furtiva.

De repente estoy harto de fingir que no la veo.

Que no la siento.

Que no es mi compañera.

Así que, en esta ocasión, cuando sus ojos se vuelven a posar en mí, intercambio la mirada con la suya. Y se la sostengo.

2
GUERRA ESCOLAR

Ella jadea, y es un ruidito sin importancia (una inspiración breve), pero en el aula se percibe como si fuera un disparo.

Jaxon levanta la cabeza, tiene los ojos entrecerrados y los puños bien apretados. Flint, al igual que el resto de las personas presentes en la sala, también alza la mirada.

Y eso es lo que menos necesita Grace ahora mismo. Así que, aunque tengo un millón de cosas en la cabeza que quiero decirle, un millón de cosas que quiero escuchar cómo me dice ella a mí, ahora no es el momento.

Por eso continúo mi camino hasta la puerta. Pero no tengo la fuerza de voluntad necesaria para quitarle los ojos de encima y, al parecer, ella tampoco. Lo cual solo provoca que alejarme de ella sea más difícil si cabe. Aun así, y a pesar de todo, lo hago.

Por fin llego a la primera fila de la clase y abro la puerta de un empujón. Cuando salgo esta se cierra a mi espalda con un silbido, y emprendo la marcha por los pasillos vacíos del instituto. En realidad todavía faltan cinco minutos para que acaben las clases, así que ese es el tiempo del que dispongo para ordenarme las putas ideas. Una tarea que sería mucho más sencilla si no sintiera que me palpita la sangre en los puñeteros oídos mientras todos mis instintos me gritan que tengo que volver a esa aula y llevarme a Grace.

Porque es mi compañera.

Es mía, igual que yo soy suyo.

La necesidad de volver a por ella me retumba en la sangre, me forma un nudo en el estómago, y he de hacer acopio de cada ápice de la fuerza de voluntad que tengo para seguir caminando. Para...

—¡Hudson! —La puerta se abre de golpe y se estrella con tanta fuerza contra la pared que el porrazo resuena por todo el pasillo—. ¡Espera!

Y una mierda voy a esperar. Ya mismo me estoy dando la vuelta y me estoy desvaneciendo por el pasillo directo hacia ella, con el corazón aporreándome el pecho como si fuera una puta banda de música de instituto.

—Grace.

Una parte diminuta de mi ser no puede evitar pensar que por fin ha llegado el momento. Que por fin recuerda todo lo que pasó entre nosotros. Que por fin recuerda que...

—No deberías haberle dicho eso a Jaxon —me suelta, y esa frase acaba con todas las esperanzas que tenía—. Se va a pasar horas fustigándose.

Y así, sin más, se recolocan todas las defensas que tengo. Es que... ¿por qué está pasando esto? ¿Cómo es posible que mi auténtica compañera se me eche al cuello por cerrarle la boca a Jaxon después de que mi hermano hablase de mi asesinato como si por ello se mereciera una puñetera medalla?

—Me tienes en demasiada alta estima —le digo con serenidad—. Jaxon nunca se ha pasado más de treinta segundos pensando en algo que yo haya dicho.

—No tienes ni idea. Jaxon es mucho más sensible de lo que parece.

—Y yo que pensaba que eso era imposible —me burlo.

—¿Por qué tienes que ser así? —Y del fondo de su garganta emerge un sonido de frustración.

«¿Quizá porque no dejas de arrancarme el corazón del pecho y pisotearlo?» Tengo las palabras en la punta de la lengua, pero, aunque soy lo bastante masoca para pensarlo (y hasta sentirlo), joder, no lo soy tanto para pronunciarlas en voz alta.

—Porque capullo se nace, no se hace —le contesto—. Creía que a estas alturas ya te habrías dado cuenta.

Grace me analiza durante unos segundos eternos, y esos ojos marrones dorados que me encantan se pasean por los míos, por mi boca, por las manos que tantísimo puto esfuerzo me está costando no apretar. Y entonces niega con la cabeza como si no pudiera creerse lo que está pasando.

Yo me siento igual, aunque estoy bastante seguro de que nuestras razones son diferentes. Así que yo también niego con la cabeza y empiezo a volverme. No sé qué decirle a esta Grace, a la que es dulce, está confundida y me habla con un deje acusador, como si de alguna forma fuese culpa mía que los hechos hayan acontecido como lo han hecho.

Aunque bueno, quizá sí sea por mi culpa. Yo ya no sé nada, la verdad.

—He salido porque quería darte las gracias.

Las palabras de Grace flotan en el aire entre nosotros, y tal es la sorpresa que me llevo que me vuelvo de nuevo para mirarla.

—¿Por...? —pregunto con incredulidad.

Ahora es ella la que me mira como si yo fuese el confundido de los dos.

—Por salvarme la vida ayer... dos veces. Por dejarme tus poderes para el Ludares. Por... todo lo que has hecho por mí.

La última frase la acompaña con un gesto de la mano, como si intentara englobar todo lo que ha pasado los últimos cuatro meses, incluido aquello que no recuerda. Pero, sin sus recuerdos, su gratitud no hace más que empeorar las cosas... y volver la situación muchísimo más incómoda.

Y como también la recibo como un segundo puñetazo en el estómago (o igual el tercero, no llevo la cuenta a estas alturas), solo puedo pensar en salir de aquí. Ahora mismo tengo que estar lo más lejos posible de ella y de Jaxon.

—No ha sido para tanto. —Digo lo primero que se me ocurre para poder salir pitando cuanto antes y me vuelvo de nuevo. No me desvanezco porque no quiero que sepa lo mucho que me está jodiendo toda esta situación, pero cuando retomo la marcha tampoco me tomo mi tiempo.

—¡Pues para mí sí ha sido para tanto! —me grita—. Teniendo en cuenta que sigo viva gracias a ti.

Hago un gesto con la mano a modo de contestación y continúo caminando. No se me ocurre nada que pueda decirle en este momento, y no quiero cometer un error soltando cualquier tontería que pudiera jugar en mi contra para atormentarme más adelante. Ya hay bastante entre nosotros para hacer algo así.

Pero resulta que, al parecer, Grace sí que tiene algo más que decirme, porque corre por el pasillo hasta quedar delante de mí. Cuando me muevo intentando esquivarla, me apoya una mano en el pecho para detenerme.

En cuanto me toca todo mi cuerpo se sume en alerta roja. El calor me invade, y unas chispas de electricidad me recorren los nervios. No sé si sucede por nuestro nuevo vínculo de compañeros o es un acto reflejo de mi cuerpo, que recuerda el tiempo que pasamos juntos, pero solo por un instante es la puta hostia.

Y entonces Grace aparta la mano con brusquedad y todo vuelve a ser como antes. O bueno, casi, porque ahora hay cierta sensación de conciencia en el aire. Una electricidad que ninguno de los dos puede negar.

En este momento creo que ella sí va a intentar negarla. Si algo se le da bien a Grace es agachar la cabeza cuando no quiere lidiar con un asunto. Pero al final me mira y susurra:

—¿Por qué ha pasado esto?

Una parte de mí quiere contárselo, quiere hablar de todo lo que vivimos y lo que pasó cuando estuvimos atrapados juntos. Tengo la explicación en la punta de la lengua, y siento cómo todas las emociones que experimenté en aquellos momentos recorren mi cuerpo y me encienden la sangre.

Pero entonces veo su rostro, y todo el dolor y el miedo que se arremolinan en su interior, y sé que no puedo contarle nada. Todavía no, al menos. Porque si le cuento todo lo que nos dijimos, lo que éramos el uno para el otro en otra vida, no haría más que ahuyentarla; solo conseguiría que se interpusiera entre los dos como un muro construido día a día, ladrillo a ladrillo, por la confusión, la ansiedad y las expectativas, hasta que fuera tan alto que ninguno de los dos pudiese saltarlo.

Contárselo sería como renunciar a nosotros, y todavía

no estoy preparado para ello. Pero eso no significa que ante su pérdida no me sienta como un hombre al que le falta el oxígeno.

Así que al final dejo que los recuerdos y todos los sentimientos y emociones que provocan se queden donde están. Y en su lugar susurro:

—Todo saldrá bien.

Después, como no puedo contenerme, estiro la mano y le acaricio el pelo, y me detengo para pasarle un par de rizos sueltos por detrás de la oreja.

Siento que le tiembla todo el cuerpo bajo mi tacto. Grace emite un suspiro largo y lento, y por un momento se me pasa por la cabeza que tal vez recuerde algo, lo que sea. Sobre todo cuando ladea la mejilla para que yo roce la suavidad de su piel con la palma de la mano.

Pero entonces suena el timbre (esta vez es el estribillo de *I Put a Spell on You*, porque en el instituto hay cosas que nunca cambian), y Grace se aleja evidentemente afectada.

—Tengo que irme —me dice trabándose con las palabras mientras abre la puerta del aula de un tirón, justo cuando Jaxon sale a por ella.

Mi hermano me mantiene la mirada incluso cuando le pasa a Grace su mochila, y en ella veo una seria advertencia que no tengo ninguna intención de acatar.

3
QUIZÁ PUEDAS VOLVER A CASA

El resto del día pasa sin pena ni gloria. Asisto a todas las clases, me paso la hora de la comida solo en la biblioteca y después vuelvo a mi habitación en cuanto acaban oficialmente las horas lectivas.

Me produce una sensación extraña bajar las escaleras y me resulta todavía más extraño encontrármelo todo tal como lo dejé. Ha pasado un año desde que pisé este lugar por última vez, aunque parece mucho pero que mucho más tiempo.

Y aun así diría que ha sido esta misma mañana cuando he salido a rastras de la cama. Que ha sido esta misma mañana cuando me he dejado el tocadiscos abierto y la funda del vinilo sobre la mesa que está al lado.

Suelto la mochila en el último peldaño de las escaleras y me adentro en el cuarto sin molestarme en encender las luces. Hay un libro de Kerouac abierto en la mesita de café; al lado, una botella de agua descansa sobre un posavasos.

«Esto es lo que ocurre cuando alguien muere», pienso mientras paso una mano por el respaldo del sillón en el que tanto me gustaba leer. Un libro a medio terminar, una botella de agua a medio beber.

Una vida interrumpida, tan a medias como todo lo que se encuentra en esta habitación.

Me cabreo solo de pensarlo, igual que lo hago al recordar la cara que ha puesto Grace esta tarde en el pasillo. Es mi compañera, ¡mi compañera!, y le horroriza que le guste que la toque. De hecho, le horroriza tanto que ha vuelto corriendo a los brazos de mi hermano como si fueran lo único que se interpone entre ella y un oscuro abismo que amenaza con tragársela entera.

Antes era yo la persona a la que recurría en momentos como esos. Antes era yo... Corto el pensamiento por lo sano para evitar que pueda tomar forma. Eso era en el pasado. Y esto es el presente. Tengo que recordarlo y dejar de vivir en un tiempo del que ella no sabe nada. Uno que nadie más que yo recuerda.

Joder. Es que joder.

Todo este desastre me recuerda esa vieja pregunta: si un árbol se desploma en el bosque y no hay nadie para escucharlo, ¿emite algún sonido?

Si dos personas han pasado lo que nosotros y yo soy el único que lo recuerda, ¿importa algo? ¿O es una mota de polvo flotando en el universo, destinada a desaparecer de forma tan inmediata como las ondas sonoras en ese bosque?

Es una idea deprimente, pero bueno, es que toda esta situación es para cagarse de deprimente, conque... nada nuevo bajo el sol.

Con un suspiro me dirijo a la cama que hay al fondo de la habitación y, aunque hay una parte de mí que se muere por echarse encima y dormir hasta que esta pesadilla haya llegado a su fin, sé que no me va a llevar a ninguna parte.

Ni con Grace ni con los montones de deberes que me esperan en la mochila.

Así que, en vez de arrastrarme dentro de la cama y esconder la cabeza bajo las sábanas, voy hasta la cómoda que hay contra la pared lateral y saco una camiseta de manga corta y un par de pantalones de chándal. Me cambio deprisa, agarro una botella de agua de la mininevera y me pongo a currar en mis deberes de Hemoquímica de tercero.

Normalmente me llevaría quince minutos como máximo resolver las ecuaciones, pero, como ya he dicho antes, hace mucho tiempo que cursé esta asignatura, así que me detengo y leo el libro para refrescarme la memoria primero. O todo lo que consigo refrescármela, ya que no paro de pensar en Grace en los momentos más inoportunos.

Para cuando he terminado Hemoquímica y Literatura Británica Paranormal, estoy tan hecho mierda como el desastre en el que estoy metido. Soy un tío bastante listo y suelo dar con una salida para cualquier situación que se me presente. Pero ¿esta? Esta es tan jodida que ni siquiera sé cómo salir adelante, y mucho menos resolver el problema. Ahora mismo encontrar una solución me parece una fantasía y eso hace que me vuelva a cabrear.

Me digo a mí mismo que seguir dándole vueltas a este despropósito no va a hacer que la cosa mejore. Y ni de coña va a arreglar nada. Pero es que parece que no puedo dejar de pensar en la cara de Grace cuando se ha dado la vuelta en esa clase, cuando se ha vuelto hacia el capullo de mi hermano como si fuera el salvavidas del que nunca quiere desprenderse.

¡Joder!

Cojo la botella de agua y la lanzo contra la pared con todas mis fuerzas. No es de cristal, por lo que no se hace añicos. En vez de eso rebota contra la pared como si nada y sale disparada para darme en el hombro antes de caer al suelo y salir rodando en silencio.

Parece una metáfora de todo lo que me está yendo mal en la vida y me dispongo a volver a agarrarla para lanzarla aún más lejos solo para demostrarme a mí mismo que tengo una pizca de control sobre mi propia existencia.

Justo antes de que pueda hacerlo alguien se aclara la garganta a unos cuantos metros de distancia de mí y, horrorizado, me doy cuenta de que estaba tan concentrado en mis mierdas que ni siquiera me había dado cuenta de que alguien había entrado en mi guarida. Pero ¿qué coño, Hudson?

Me doy la vuelta como un torbellino, preparado a saber para qué, pero la que está ahí plantada es Macy, con una caja entre las manos.

—Lo siento —se disculpa y levanta una mano de inmediato, como si quisiera protegerse de un ataque mío.

Quiero asegurarle que está a salvo, que nunca en la vida he atacado a nadie que no me hubiera provocado antes. Pero sostiene la caja como si quisiera deshacerse de ella cuanto antes, así que extiendo las manos para quitársela.

—Te ha llegado esto —susurra—. La señora Haversham me ha pedido que te lo baje.

—Gracias, eres muy amable —contesto, y lo digo en serio.

Como llevo más de un año sin tener una forma humana de verdad, no sé dónde está mi móvil. Me ha costado una fortuna que me enviaran uno hasta aquí hoy mismo, pero me da igual. Me gusta volver a estar conectado, aunque ahora no tenga a nadie con quien conectar.

—De nada. —Macy retrocede un par de pasos, tiene

toda la pinta de querer estar donde sea menos aquí. Pero entonces me sorprende al preguntarme—: ¿Has comido algo hoy? —Se da cuenta de lo que ha dicho y se sonroja—. Es decir, bebido.

—¿Te estás ofreciendo? —inquiero con una ceja enarcada.

—¡No! Pues claro que no. Es que... He pensado... Bueno... —tartamudea con la cara pálida, los ojos abiertos como platos y una expresión de horror.

—Tranquila —le respondo; decido librarla de su miseria a la vez que abro la caja de un tirón. En efecto, lo que me espera es mi nuevo móvil.

—Eso no es una respuesta. —Se acerca más a medida que desembalo el aparato—. Hala. Ese es el que acaban de sacar.

—Ya, bueno, es que cuesta localizar tu teléfono cuando has estado «muerto» durante un año.

—Me imagino. —Se acerca todavía más, no me aparta los ojos de la cara—. No tienes buen aspecto.

—Parece ser que son efectos secundarios de la muerte.

O de que te arranque el corazón del pecho la chica a la que quieres, pero qué sabré yo.

—¿Necesitas algo? —pregunta—. Quizá deberías ir a ver a Marise...

—Estoy bien. Solo algo cansado por... —Me interrumpo porque no me gusta hablar de mi poder.

—¿Por haber derrumbado el campo ayer y haberle salvado la vida a Grace? —continúa Macy—. Por cierto, muchas gracias.

Enarco una ceja.

—¿Tanto odiabas el campo?

—Me refería a que le salvaras la vida a Grace y lo sabes. —Pone los ojos en blanco y, cuando lo hace, es imposible no darse cuenta de las ojeras que tiene—. Sé que Jaxon no está preparado para hablar de ello, pero apreciamos mucho lo que hiciste. No puedo ni imaginarme lo que sería perder a mi mejor amiga justo después de tenerla de vuelta.

—Grace se salvó ella sola. Yo solo le di la oportunidad de recuperarse.

—¿Así lo llamas? —Mueve las manos imitando la forma en la que explotaron ayer los árboles.

Me río porque es lo que espera que haga.

—Debería ponerme otra vez con los deberes. Tengo mucho que adelantar.

—Ah, sí. Es verdad. Siento molestarte.

—No me has molestado. —Me hago el simpático, pero en cuanto lo digo me doy cuenta de que es verdad. Además de Foster, Grace y la señora Virago, Macy es la única que me ha dirigido la palabra hoy. Y, al contrario que el resto exceptuando a Grace, lo ha hecho porque quería, no por obligación.

Se lo agradezco. Tanto que suelto lo que llevo pensando desde que la vi por primera vez.

—Siento mucho lo de Xavier.

Ella aparta la mirada durante un par de segundos antes de asentir.

—Gracias.

—¿Estás bien? —Niego con la cabeza en cuanto pronuncio las palabras—. Pues claro que no estás bien. ¿Hay algo que pueda hacer por ti?

—La verdad es que no. —Ella también niega con la cabeza—. Pero gracias por preguntar.

—Faltaría más. —No me puedo imaginar cómo me sentiría si le pasara algo a Grace, pero sé que no sería bueno... para nadie—. Si cambias de opinión, me avisas, ¿vale?

—Sí, claro. —Se da la vuelta y se dirige a las escaleras. Pero, justo antes de salir, se vuelve para mirarme y me dice—: Hemos quedado para cenar en el comedor a las siete o así. ¿Quieres venirte?

—No creo que sea buena idea.

—No te he preguntado si es una buena idea —responde Macy con una sonrisilla—. He preguntado que si quieres venir. Además, no sabrás si es una buena idea o no hasta que lo intentes.

—Uy, estoy casi seguro de que ya lo sé. —Me doy la vuelta para configurar mi móvil—. Aun así, gracias.

—De nada. —Empieza a subir las escaleras, pero antes de llegar arriba del todo añade—: Jaxon y el resto de la Orden tienen planes esta noche. Así que cenaremos Grace y yo solas. En fin, por si cambias de opinión...

Y así, sin más, los planes que tenía para el resto de la noche saltan por los aires. Empiezo a sospechar que eso es justo lo que quería Macy.

4
ENTRE LA ESPADA Y UN VAMPIRO LA HOSTIA DE CABREADO

Esto es una pésima idea.

Lo sé, tengo una corazonada, pero aun así continúo mi camino hasta el comedor. No es que sea una sorpresa para nadie. Seguiría a Grace a cualquier parte; y el comedor no es más que un puntito luminoso en el radar.

—¡Has venido! —dice Macy, y se me acerca por el lado derecho—. No las tenía todas conmigo.

Está mintiendo. Se ha asegurado mi presencia en el comedor con el último comentario que ha hecho en las escaleras, y ambos lo sabemos. Pero, mientras nos adentramos en el comedor, no se lo recrimino. Bastante faena tengo ya con examinar las mesas abarrotadas de gente en busca de Grace.

—Le gusta sentarse al fondo cuando estamos solas, bien lejos de las lámparas de araña de cristal. —Macy camina por delante de mí para guiarme.

Entonces me viene a la mente un breve recuerdo acompañado de una punzada: Grace de pie debajo de una lámpara de araña que se ha soltado de la placa que la sujeta y Jaxon apartándola de un empujón. Cuando convivíamos entre las sombras Grace nos transportó durante un momento hasta allí, pero no quiso hablar mucho del tema. En aquel momento no la presioné, pero ahora (aquí de pie, observando la enorme lámpara de araña de cristal) solo puedo pensar que ojalá le hubiese insistido para que me contara más.

—Ahí está —sigue Macy, y señala con la cabeza una esquina del fondo del lujoso comedor—. ¿Por qué no vas con ella mientras yo cojo algo de comer para mí y un poco de sangre para ti?

Estoy a punto de decirle que puedo llevar mi comida yo solo, pero la oportunidad de pasar un par de minutos a solas con Grace (sin el capullo de mi hermano rondándonos) me resulta irresistible. Casi se me olvida asentir con la cabeza antes de encaminarme hacia ella.

Cuando me detengo delante de ella Grace levanta la mirada, claramente sorprendida.

—¡Hudson! ¿Qué haces aquí?

—Macy me ha invitado —contesto analizando su rostro en profundidad en busca de cualquier indicio de disgusto—. Pero me puedo ir si quieres.

—¡No, no, quédate, claro! —Cuando me señala la silla que hay al otro lado de la mesa, frente a ella, parece algo incómoda pero no descontenta—. Tendría que haberte invitado yo.

Es más de lo que me esperaba por su parte después de lo de esta mañana, pero no es que vaya a quejarme. Sobre todo al ver que esos enormes ojos marrones que tiene brillan con una sorprendente cantidad de afecto cuando me mira. Veo recelo también, mucho, muchísimo recelo, pero el afecto es innegable.

Aunque, bueno, es probable que yo la esté mirando de la misma forma.

—¿Cómo ha ido...? —Se le quiebra la voz, y carraspea antes de volver a formular la pregunta—. ¿Cómo ha ido el primer día de vuelta?

Solitario. Es la primera palabra que se me ocurre, pero la aparto en cuanto aparece. Nadie soporta a los quejicas, y yo el que menos.

—Bien. Me acuerdo de más cosas de las que esperaba. —Grace se atraganta con el agua y acaba con una tos tan fuerte que me veo en la necesidad de explayarme en mi respuesta—. De las clases, Grace. Recuerdo más de las asignaturas de lo que me esperaba.

La tos le dura unos diez segundos más y después vuelve a coger el vaso de agua. Esta vez le da un sorbito vacilante.

—Te había entendido —indica al final.

—Ya, ya me he dado cuenta.

—¿No te cansas nunca de ser un sabelotodo? —me pregunta poniendo los ojos en blanco.

—¿No te cansas nunca de tener los ojos marrones? —contraataco enarcando una ceja.

—No es lo mismo, ni de lejos —me dice, y me mira enfadada.

—Claro que sí —contesto—. Hay cosas que son así, y ya está.

Le saco una carcajada con mi respuesta, justo lo que buscaba. Entonces Grace levanta una ceja, me mira y dice:

—¿Y te crees que una de esas cosas es que lo sepas todo?

—Tú misma lo has dicho —respondo encogiéndome de hombros—. No es que lo crea. Es que lo sé.

Grace se ríe y el sonido de su risa choca contra mi cuerpo como una ola.

—Madre mía, Hudson, eres lo peor.

—Te pasas el día diciéndome eso. —Ahora me toca a mí sonreír por nuestra vieja broma, al menos hasta que Grace jadea, mientras todo su cuerpo se estremece como si sufriera una descarga eléctrica. Yo también la siento. La electricidad en el aire, como si nos uniese un cable con corriente—. ¿De verdad no te acuerdas de nada? —susurro antes de poder contenerme.

Grace se sonroja y se le ponen los ojos vidriosos cuando me mira acongojada.

—Lo siento, pero te juro que no.

No es la respuesta que quiero, pero es la que me esperaba. Aun así no lo entiendo. Sigo sin entender cómo hemos acabado de esta forma. Tengo claro que yo no podría olvidarme de ella aunque quisiera. Entonces ¿cómo es que ella se ha olvidado tan fácilmente de todo lo que ha pasado entre nosotros?

No tiene sentido... A no ser... A no ser que eligiera olvidarlo.

Los latidos de mi corazón me retumban en los oídos con tanta fuerza que todo a mi alrededor suena distorsionado, o como si estuviera bajo el agua. Las bandejas chocando contra las mesas, las risas y charlas del resto de los comensales, el arrastrar de las sillas por el suelo. Para mí es como si todo eso pasara a kilómetros de distancia.

La cabeza me va a mil por hora cuando me pongo a pensar y me doy cuenta de que en realidad no tengo ni idea de cómo hemos vuelto.

A ver, sé que nuestro tiempo juntos tenía los días contados. Los dos sabíamos que debíamos regresar, que la seguridad de todos los demás dependía de nosotros. Pero la mecánica de nuestro regreso... No me puedo creer que no me lo hubiese planteado hasta ahora...

Me trago la bilis al darme cuenta de que Grace debe de haber intentado la horrible, terrible idea, que ambos prometimos no probar jamás.

Y, con ello, nos sacrificó a nosotros para poder salvar al resto.

Intento consolarme pensando que ella no podía saber que el vínculo que la une a Jaxon como su compañera también volvería. Siempre pensó que algo no funcionaba con su vínculo, y siempre me dijo que esos sentimientos palidecían en comparación a lo que sentía por mí. Pero quizá eso era solo lo que quería creer. Igual ella sola se autoconvenció de que esa era la realidad porque, a ver, ¿qué otra alternativa tenía? Estaba atrapada conmigo, ¿acaso le sacó el mayor partido a su única opción?

Ese pensamiento me da de lleno como un puñetazo en el pecho y la confusión se transforma en ira. Y la ira, en dolor. Y el dolor... sí, el dolor se posa sobre mis hombros y me envuelve como mi abrigo favorito de Londres. Tan familiar y omnipresente como la niebla gris que envuelve mi ciudad natal tantas, tantísimas mañanas.

Y el caso es que no puedo ni preguntárselo. Porque es verdad que no se acuerda de nada.

—Durante los últimos dos días he intentado descubrir lo que pasó un millón de veces —susurra al rato—. Desde que dijiste lo que dijiste en el campo. Pero no puedo.

Asiento, como si Grace no acabase de arrancarme el corazón del pecho y me lo hubiese pisoteado una vez más.

—Vale.

—Marise dice que es normal. Que los recuerdos volverán con el tiempo. Que solo debo tener paciencia.

Asiento otra vez, porque ¿qué voy a hacer si no? Y, además, porque estoy apretando tanto la mandíbula que no creo que pudiera abrirla aunque lo intentara.

Los recuerdos me embargan, uno detrás de otro.

Grace riéndose de mí porque me había quedado tan embobado mirando cómo hacía yoga que casi se me cae el hacha en el pie.

Grace suplicándome que le diese un masaje en los pies durante la noche de pelis.

Grace bailando en el festival bajo las luces titilantes, sus rizos moviéndose con la brisa.

Grace gritándome por no haberle hecho caso y haber intentado arreglar el microondas yo solo, con lo cual incendié la cocina.

Grace mirándome con una sonrisa, con el pelo lleno de flores silvestres, después de haber huido del humo y habernos ido de pícnic.

Grace susurrándome que yo era su para siempre.

Por un momento pienso: «A la mierda con todo». Jamás va a volver a quererme con Jaxon todavía en la ecuación; si le diesen la opción nunca me elegiría a mí, así que ¿por qué no contárselo todo? ¿Por qué no debería sentir al menos una décima parte del dolor que estoy sintiendo yo? Sobre todo porque ha sido ella la causante.

Pero ella no es la única que ha ido a hablar con Marise, y la enfermera parece creer que Grace debe recordarlo todo a su ritmo. Que contarle mucho muy pronto (inmediatamente después de descubrir que es una gárgola) podría acabar haciendo más mal que bien si al final resulta que en realidad se trata de una lesión paranormal traumática para ella.

Y como lo último que quiero es hacerle daño, estoy atrapado justo entre la espada y un vampiro cabreado. No es un lugar bonito en el que estar, sobre todo si tenemos en cuenta que estoy tan cabreado como Jaxon. Puede que más, incluso. Porque aunque Grace es mi compañera, todavía sigue enamorada de él.

—Seguro que Marise tiene razón —logro enunciar con mucho esfuerzo, aunque lejos de estar seguro. A pesar de que es lo último que quiero oír, lo último que quiero creer.

—Yo pienso igual —me dice, pero tampoco parece muy convencida—. A no ser que...

—¡Perdonad la tardanza! —dice Macy al tiempo que deja caer una bandeja bien cargada sobre la mesa—. No sabía qué tipo de sangre te gusta, así que te he cogido cuatro tipos diferentes.

Macy deja cuatro tazas delante de mí y, por muy servicial que suela ser la prima de Grace, ahora mismo me estoy planteando seriamente utilizar mi poder de persuasión para hacer que cierre el pico durante un minuto, o cinco.

Porque Grace acaba de decir «a no ser que». A no ser que ¿qué?

¿A no ser que Marise no tenga ni idea del tema?

¿A no ser que ella quiera pasar del consejo de Marise y desee que le cuente toda la verdad?

A no ser que... ¿qué?

Me vuelvo hacia Grace con la esperanza de verla tan frustrada como yo. Pero está sonriendo ante el discurso de Macy sobre los puntos a favor de los panecillos frente al pan de maíz, como si fuera lo más interesante que ha oído en su vida. La oportunidad que tenía de comprender su opinión sobre el tema se ha esfumado, al menos por ahora.

Acabo pasándome casi toda la cena dando sorbos de la primera taza con tapa que cojo, mientras Grace y Macy se ponen al día de los cotilleos amorosos del Katmere. No es la conversación más brillante, sobre todo porque o bien no sé de quién hablan o bien me importa una mierda su vida, pero cuando Macy por fin se relaja, se centra en mí.

Entonces sonríe.

—Mañana es la fiesta de la Búsqueda del Portal. ¿Quieres unirte a nuestro equipo?

—¿Mañana? —pregunto sorprendido, aunque no sé por qué. Es una tradición del instituto, se celebra siempre en marzo.

—Sí. Y somos impares, así que nos vendría bien un miembro más en el equipo.

Estoy a punto de rechazar su propuesta porque no sé cómo se tomará Jaxon que me una a su equipo, pero entonces pienso: «A la mierda». ¿Por qué tendría que preocuparme por sus delicados sentimientos de cristal cuando es más que evidente que a ese capullo le importan una mierda los míos?

Además, si estoy en el equipo tendré más tiempo para interactuar con Grace. Puede que sea una actitud masoquista, pero las probabilidades de recuperar a mi compañera si me paso el día regodeándome en mi cuarto son escasas. Y quiero recuperarla como no he querido nada antes; ni siquiera esta segunda oportunidad de construir una vida, incluso aunque ella haya elegido olvidarme. Porque, sin Grace, esta segunda vida no vale nada. Ni eso, ni nada.

—Vale, bien. Me apunto. ¿Dónde y a qué hora vamos a reunirnos?

Macy me mira asombrada, pero no disgustada de que haya aceptado su oferta.

Tampoco lo parece Grace, que es quien me responde:

—Estupendo. Pues hemos quedado a las nueve de la mañana en la entrada.

—Vale, bien, nos vemos allí.

—Qué guay —dice Macy sonriendo—. Me alegra que te unas.

—Y a mí. —Y me doy cuenta de que es verdad. Al haber pasado las dos últimas semanas en la cabeza de Grace, me parece que ya conozco bastante bien a sus amigos. Tengo claro que Macy es la mejor amiga de Grace, y en cierto modo eso la convierte en la mía también. Es un poco como la hermana que nunca tuve, aunque haya tenido la tentación de persuadirla para que se callara un ratito—. ¿Tengo que llevar algo? —No fui a la fiesta de la Búsqueda del Portal los últimos años porque no era muy divertido intentar formar un equipo cuando a gran parte del alumnado le aterroriza tu existencia.

—¡A ti! Es bastante sencilla la mecánica; salvo por todo el tema de caer en los portales y eso, claro.

—Pues lo que has dicho, algo sencillito —comenta Grace de forma socarrona al tiempo que se levanta de la mesa y coge su bandeja.

—¿Verdad? —Macy se ríe mientras la imita.

Cojo una botella de agua, acompaño a Grace y a Macy hasta las escaleras y después me marcho a mi habitación para acabar los deberes; todavía tengo que hacer los de Estadística e Historia. Pero no me concentro porque no dejo de pensar en ese «a no ser» que ha dejado caer Grace mientras hablábamos.

Y eso sumado al hecho de que parecía estar feliz de verdad cuando he accedido a unirme a su equipo para la fiesta. Por algo será, ¿no?

A lo mejor solo estaba siendo educada. A lo mejor detesta la idea de que esté en su equipo más de lo que detesta la mezcla de alubias y batido de chocolate. Pero igual no...

Sea como fuere, ya me he cansado de permanecer aquí en el cuarto mientras dejo que Jaxon se quede con ella a pesar de todo lo que ha pasado entre nosotros.

El secreto a voces que nadie parece querer mencionar; aquello que hoy casi permito que se me olvide; aquello que sé que Jaxon sabe, pero que no parece dispuesto a comentarle a Grace...

Ahora Grace es mi compañera, lo que significa que ella sí que me eligió, aunque puede ser que no recuerde por qué, y ha llegado el momento de que yo empiece a actuar en consecuencia.

5
OLVÍDAME, NOMEOLVIDES

Me levanto con hambre por primera vez en mucho tiempo. Es una sensación tan extraña para mí que al principio no la reconozco, pero después me acuerdo de lo que estaba soñando justo antes de despertarme: estaba bebiéndome la deliciosa sangre de Grace.

Con solo recordarlo los colmillos me estallan en la boca y la sed me araña la garganta con sus zarpas voraces. Pero, como estoy seguro de que Grace no va a dejar que beba de ella en un futuro próximo, me las tendré que apañar con algo del banco de sangre del Katmere.

Aparto las sábanas, me pongo pantalones de chándal y zapatillas de correr, cojo mi móvil nuevo y me dirijo hacia la puerta. El desayuno y una carrerita matutina me parecen una buena manera de despejarme.

Tres tazas de sangre después salgo y bajo los escalones corriendo. Me encanta la primera hora de la mañana en Alaska, sobre todo los meses que tarda un poco en amanecer. Me resulta muy relajante correr a oscuras entre la nieve a medio derretir, con la única compañía del viento y de algunos animales salvajes.

Corro entre los árboles y sigo el curso de un riachuelo cercano. Cuando estaba aquí antes, este era uno de mis recorridos favoritos y la memoria muscular todavía recuerda cada surco y cada bache del camino.

Al acercarme más al agua encuentro justo lo que esperaba: un soto chiquitín de flores silvestres que empiezan a abrirse paso entre la nieve. Normalmente las flores silvestres no florecen hasta junio en Alaska, pero estoy bastante seguro de que las brujas han hechizado esta zona, porque en ella crecen flores durante seis meses al año como poco.

Me detengo para recoger un ramillete. Lo compongo sobre todo de flores blancas y moradas, aunque también incluyo un poco de amarillo porque me gusta el color y un par de nomeolvides azules, porque no me puedo resistir. Nunca antes había recogido flores, así que tendría que sentirme un poco tonto al hacerlo. Pero lo único en lo que pienso es en lo mucho que le gustan a Grace las flores silvestres y, sobre todo, cualquier cosa morada.

En cuanto termino me desvanezco hasta el campus antes de que el viento helado marchite los pétalos y se caigan del tallo. Uso mis encantos con las brujas que trabajan en la cocina para conseguir un jarrón para el ramo junto a una cestita de rollitos de canela, y llevo ambas cosas a la puerta de Grace. Pienso en dejarle una nota, pero me parece demasiado cursi, así que me limito a llamar la puerta y después me desvanezco al final del pasillo antes de que abra.

Tengo que seguir unas fases para reconquistar a mi compañera y, aunque la primera tiene que ver con flores y dulces, no tiene por qué incluir momentos incómodos ahí plantado con dichas flores y dulces mientras ella se devana los sesos para encontrar algo que decir. De momento lo mejor es ir pasito a pasito, aunque me esté matando.

En cuanto vuelvo a la habitación me doy una ducha rápida antes de vestirme para afrontar el día. Como vamos a buscar portales, opto por unos vaqueros, botas y un suéter negro de Armani. Después cojo otra sudadera y salgo por la puerta.

Me lleva unos segundos llegar a la entrada del castillo, pero el resto ya está allí; o al menos creo que está todo el mundo, puesto que hay un número impar de personas entre las que se encuentran todas con las que habla Grace habitualmente.

Encuentro a mi compañera entre la multitud al instante, sobre todo porque lleva una chaqueta de esquí de color rosa eléctrico y un gorro de vampiro de lana entre un mar de chaquetas negras o azul marino, pero también porque es Grace. Siempre será la primera en la que pose la mirada.

Mientras me dirijo a ella vuelvo a estar nervioso. No por la hostilidad sin tapujos que atisbo en la mayoría de los rostros de la Orden, porque me importa una mierda lo que piensen mi hermano y sus perritos falderos de mí, sino porque me pregunto cómo reaccionará Grace ante mi presencia cuando es evidente que a Jaxon no le hace ni pizca de gracia verme. Y también por si le han gustado las flores que le he llevado antes.

Me preparo para un par (o un montón) de comentarios bordes por parte de mi hermanito, pero Jaxon no dice ni mu cuando me acerco al grupo y digo bajito:

—Hola.

—Hola —contesta Macy con una sonrisa que no le llega del todo a los ojos cansados—. Me alegro de que hayas decidido acompañarnos.

—Sí —afirma Grace en voz baja—. Todos nos alegramos.

Enarco las cejas como si quisiera decir «¿Ah, sí?», porque está clarísimo que no es el caso, al menos según me indica la forma en la que Flint y la Orden me lanzan miradas asesinas.

Grace pone los ojos en blanco y susurra mientras bajamos todos por las escaleras:

—No les hagas caso.

Mientras tanto me doy cuenta de que me han esperado. A pesar de que es evidente que la mitad de ellos no quieren que esté aquí, han esperado igualmente hasta que he aparecido para ponerse en marcha hacia la Búsqueda del Portal.

Es absurdo que me fije en esto mientras no recibo más que miradas asesinas, pero es la primera vez en la que alguien más que Grace me ha esperado. Para cualquier cosa.

—Bueno —comienza ella mientras paseamos por el patio hasta donde está Foster delante de varios grupos de alumnos—. ¿Me contáis qué es lo que hay que hacer?

—Pasaremos las próximas horas buscando portales por todo el campus... —empieza a explicar Macy, pero Grace la interrumpe antes de que pueda pronunciar más de una frase.

—¿Y cómo se supone que vamos a hacer eso? ¿Hay un detector de portales o algo?

Flint se ríe.

—Sí, tú eres el detector de portales.

—No lo pillo.

Grace pasa la mirada de él a Jaxon, después a Macy y luego vuelta a empezar.

El hecho de que no se digne a mirarme me duele, pero no va a impedir que aporte mi granito de arena. De hecho, me animo conscientemente a hacerlo, porque no es que sea yo muy participativo, ni mucho menos un tío de esos que se las dan de listos.

—Significa que sabrás que has encontrado un portal cuando lo atravieses —añado—. Después, cuando lo atravieses de nuevo para volver al punto de partida, lo marcas y el profesorado de brujería vendrá a cerrarlo.

Mi compañera no parece impresionada.

—¿En serio? ¿Tengo que caer por más portales todavía?

—Sí. —Mekhi parece casi tan abatido como ella—. Y créeme, los que hacen la mayoría de los alumnos no son ni de lejos tan sofisticados como los que se preparan para el Ludares. Así que... cuidadín.

La expresión de Grace cambia de aburrida a totalmente preocupada.

—¿Y qué aspecto tiene un portal vulgar, si puede saberse?

—No es el aspecto. Es la sensación —detalla Macy—. Y te prometo que no es para tanto.

—Claro, si que no sea para tanto significa que te sientes como un chicle estirado pero sin ser elástico como un chicle —gruñe Flint.

—No le hagas caso. —Macy le regala su sonrisa más encantadora—. Nadie lo haría si fuera así de horrible. Además, al final de la búsqueda podemos disfrutar de una hoguera gigante donde tostar nubes. Es superdivertido.

—Sí, suena superdivertido —responde Grace con una mueca.

Tampoco es que pueda culparla de su falta de entusiasmo. Acaba de sobrevivir al peor partido del Ludares de la historia, repleto de más portales de los que una persona debería atravesar por su cuenta.

—Yo me quedo contigo si quieres mantenerte al margen —me ofrezco.

Jaxon me lanza una mirada ceñuda, pero no puede importarme menos. Si no va a plantarse y a cuidar de mi compañera, entonces no tiene derecho a enfadarse cuando yo lo intento.

—Gracias, pero estoy segura de que nos lo pasaremos bien —dice Grace—. Además, ¿qué es lo peor que podría pasar?

6
LARGA Y PORTALERA VIDA

Resulta que estaba exagerando. Nos dividimos en parejas, Grace elige a Jaxon y Macy se viene conmigo. Después empezamos a peinar la parte que nos han asignado del bosque para dar con portales.

Macy y yo caemos por uno en el que parece que te estén electrocutando todo el tiempo que dura el viaje y aterrizamos a unos quince metros de distancia con todos los pelos del cuerpo de punta.

Se parte de risa en cuanto me mira.

—¡Menudas pintas!

—Al menos yo ya me había peinado para que estuviera así —le digo con las cejas enarcadas al ver que su pelo corto de color rosa eléctrico está como el de un erizo.

—Es la nueva moda —discute, aunque intenta recolocarse algunos mechones.

—Eso parece —contesto cuando dos alumnos más atraviesan el portal y les ha pasado lo mismo que a nosotros.

Macy empieza a charlar con ellos, pero en cuanto me echan un vistazo vuelven a lanzarse al portal sin dedicar más de un par de segundos a recuperarse del escozor de todos esos calambres.

—No les hagas ni caso —me dice Macy mientras enlaza

un brazo con el mío y me acerca al portal—. La gente puede ser muy gilipollas.

—Según mi experiencia, ese «puede» sobra —argumento justo antes de que vuelvan a electrocutarnos—. Más bien, gilipollas es la actitud por defecto de la mayoría de la gente.

—Ya te digo —afirma, y es lo último que escucho antes de que caigamos de bruces por el suelo, justo donde hemos empezado—. Ni siquiera lo han marcado —se queja rezumando indignación mientras contempla el barro que rodea el portal.

—¿Quién tiene tiempo de plantar un banderín cuando el hombre del saco te pisa los talones? —contesto con un resoplido.

—¡Tú no eres el hombre del saco! —Niega con la cabeza irritada—. La gente necesita espabilar un poco, joder.

—La gente necesita espabilar mucho —corrijo cuando veo que Jaxon viene a toda prisa hacia mí con el ceño fruncido.

—¿Qué le has hecho? —espeta a la par que se encara a mí.

—¿Qué le hecho a quién? —pregunto, y le dirijo una mirada de «¿Qué coño dices?». Al menos hasta que me percato de que está solo—. ¿Grace? ¿Has perdido a Grace?

Por primera vez parece desconcertado.

—¿No está con vosotros?

—¡Me cago en la puta! —Me paso una mano por el pelo, frustrado—. ¿Por qué cojones iba a estar con nosotros?

—Yo qué sé. Estaba a mi lado y de repente ha desaparecido. Me he parado para contestar a un mensaje, os hemos oído a ti y a Macy riéndoos por los árboles. Pensaba que había venido para veros un rato.

—Nos hemos caído por un portal —cuenta Macy—. No hemos llegado a verla.

—¿Cuánto hace que ha desaparecido?

Me aparto de él mientras examino la zona como puedo, pues estamos rodeados de árboles por todas partes. Pero Grace va vestida de rosa eléctrico, no será muy difícil ubicarla si está por aquí, ¿no? Me apuesto a que su abrigo puede verse desde el espacio en un día despejado.

—No lo sé. ¿Cinco minutos o así? —Echa un vistazo al portal que acaba de marcar Macy—. ¿Estáis seguros de que no lo ha atravesado con vosotros?

—Es bastante estrecho. —Macy niega con la cabeza a la par que extrae el móvil para mandarle un mensaje a Grace—. Y corto. La habríamos visto sí o sí.

—Entonces ¿dónde se halla? —inquiero mientras me adentro entre los árboles en un intento de vislumbrar cualquier atisbo de sus rizos. Pero no veo nada.

—No ha contestado a mi mensaje.

Macy aprieta el botón de llamada y estamos todos atentos a ver si nos llega el tono del móvil de Grace. Pero no se oye nada, solo el silbido del viento entre la arboleda.

—Tiene que haberse metido por un portal —comento sombrío; se me cae el alma a los pies y me invade un mal augurio.

—Sí. —Jaxon deja escapar un largo suspiro—. Lo cual significa que podría estar en cualquier parte del planeta.

—No, en cualquier parte no —corrige Macy en un claro intento de calmarnos—. Cuando creamos portales aquí fuera, el profesorado de brujería nos limita a un radio de cuatrocientos ochenta y dos kilómetros.

—Y yo que creía que lo limitarían a los terrenos del

Katmere —gruño—. Se supone que no deberíamos abandonar el campus sin comunicarlo a secretaría.

—Sí que lo limitan en la asignatura de Portales de primer curso —explica Macy—. Pero a los de último curso les dan manga ancha.

—Ya veo.

Jaxon merodea a mi alrededor como un loco y está claro por la expresión que lleva en la cara que no se fía de que yo esté buscando a fondo. Me planteo quejarme al respecto, pero tampoco quiero perder tiempo. No ahora que Grace ha desaparecido y tenemos que peinar una zona enorme.

En vez de eso, cambio de dirección y voy hacia la derecha para comprobar la zona este de nuestra ubicación. Sigo escudriñando el bosque en busca de su chaqueta rosa, pero ahora también busco portales.

—No lo entiendo —admite Macy después de unos cuantos minutos infructíferos de búsqueda de portales—. Ya lleva desaparecida casi un cuarto de hora. ¿Por qué no vuelve a cruzarlo igual que hemos hecho nosotros? Ni que a estas alturas no supiera atravesar portales.

Es una buena pregunta, pero la respuesta lleva atormentándome desde que hemos averiguado cómo ha desaparecido.

—Tiene la costumbre de tirarse de cabeza —comento mientras recorro mis alrededores a toda prisa de un lado a otro con la intención de no dejarme ni un centímetro sin comprobar—. Estuvo a punto de hacerse daño varias veces durante el Ludares.

Ambos parecen sorprendidos, pero es porque normalmente Grace atravesaba sola los portales. Yo soy el único que estuvo con ella cada segundo del torneo, así que solo yo sentí la forma en la que aterrizaba cuando salía, que casi siempre era de cara o con las manos por delante.

—Dividámonos —sugiere Macy—. Yo me ocupo de esta zona. Jaxon, tú cubre ese terreno grande a la derecha y Hudson el de la izquierda. Si solo estaba esperando a que Jaxon contestara a un par de mensajes no debe de andar muy lejos.

Eso mismo pienso yo, o al menos eso quiero pensar.

Empiezo a correr. No llego a desvanecerme porque sé por experiencia que a veces vas tan deprisa que te pasas de largo un portal abierto, pero, desde luego, me muevo más rápido de lo normal e intento recorrer hasta el último centímetro de la zona que me ha tocado en el menor tiempo posible.

Aunque de momento no he encontrado nada y estoy empezando a estresarme. ¿Y si se ha alejado más de lo que pensábamos? Y lo que es peor, ¿y si de verdad está herida de gravedad? ¿Cuánto tiempo nos va a llevar encontrarla?

Solo pensarlo me impele a ir más deprisa, aunque sigo siendo meticuloso en mi tarea. Pasan un par de minutos interminables antes de que Macy nos llame para preguntar si alguno de los dos hemos encontrado algo. Jaxon contesta con una negativa, al igual que yo, y siento la ansiedad crecer en mi interior.

«Tiene que estar aquí», me digo a mí mismo empecinado en guardar la calma. Lo cual quiere decir que la encontraremos aunque tengamos que pedirle ayuda al resto. Solo tenemos que precisar las zonas que hemos cubierto y las que no. Si hacemos eso entonces...

Atravieso con el pie el suelo que hay delante de mí y desaparece: una clara señal de que he encontrado un portal. Rezo para que sea el mismo en el que Grace ha caído hace ya un rato y me lanzo de lleno sin pensármelo dos veces.

7
HECHIZO VIEJO, DAÑO NUEVO

Salgo del portal a toda prisa y me topo con Grace ahí plantada dándome la espalda a unos cuantos metros de mí.

Se da la vuelta en cuanto toco el suelo.

—¡Agárralo! —grita.

—¿Que agarre qué? —Me preparo para un ataque y miro a un lado y a otro mientras busco la amenaza.

—¡El portal! —anuncia mientras corre en mi dirección con los brazos abiertos—. ¡No para de moverse!

En cuanto asimilo las palabras me doy la vuelta y me lanzo hacia el portal como ella me ha pedido. No tengo ni idea de si es posible agarrarme a esta cosa, pero estoy más que dispuesto a intentarlo, joder. Sobre todo porque con solo echar un vistazo a este lugar me estoy preguntando si seguimos en el campus del Katmere... o si alguien de último año se ha tomado al pie de la letra eso del límite de los cuatrocientos ochenta y dos kilómetros.

No tener ni idea de dónde estamos me pone de los putos nervios, sobre todo si tenemos en cuenta a cuántas de las criaturas que moran las oscuridades les cabrea la mera existencia de Grace, empezando por mi no tan querido padre.

Me muevo deprisa y consigo meter la mano en el portal

antes de que desaparezca por completo; pero no debe de bastar para activarlo porque en vez de volverse a abrir desaparece y nos deja ahí tirados.

—¡Mierda! —Grace se pasa una mano por sus rizos salvajes y se los aparta de la cara de esa forma que con el tiempo ha acabado encantándome—. Llevo buscando esa cosa quince minutos. He recorrido hasta el último centímetro de este lugar, dos veces, y no había dado con él. Hasta que has aparecido.

—Lo lamento.

Me siento culpable por haber dejado que el portal se escapara, pero es que ni siquiera estaba enterado de que hubiera portales que pudieran desaparecer y aparecer así como así; y mucho menos de que alguien del instituto tuviera la habilidad de crearlos.

Miro a mi alrededor mientras intento que se me ocurra una vía de escape que no tenga nada que ver con portales, pero entonces me doy cuenta de que tenemos un problema mucho más gordo. Mi primera impresión era acertada: estemos donde estemos, no pertenece al instituto Katmere, o al menos a ninguna parte que yo haya visto.

Sin embargo, el problema no es que no estemos en el Katmere, sino que no puedo desvanecernos al castillo y Grace no puede llevarnos volando hasta allí porque no sé ni en qué dirección moverme.

—¿Qué es este sitio? —pregunto mientras me dirijo al muro de piedra más cercano de los que nos rodean.

—No tengo ni idea. No hay ventanas y la puerta está cerrada, así que no sé qué se supone que tenemos que hacer.

Está superfrustrada y superadorable, tengo que esforzarme al máximo para no tirar de ella hacia mí, abrazarla, besarla y decirle que todo va a salir bien.

Pero no creo que esté lista para llegar a ese punto conmigo, así que me conformo con acariciarle el pelo como hacía antes mientras paso por delante de ella para examinar la puerta.

—Ya lo he intentado —informa—. Está cerrada.

—Ya lo sé. Solo trataba de averiguar qué sería más fácil, si echar la puerta abajo o desintegrarla directamente.

Me acuclillo para analizar las bisagras. El resto del lugar parece bastante destartalado y decrépito, así que espero poder tirar la puerta de un solo golpe. Pero las bisagras son de resistencia industrial y parecen nuevecitas, igual que los tres pestillos de la puerta.

—¿Qué cojones es este sitio? —inquiero.

—No lo sé —contesta—. Pero me pone los pelos de punta.

—Y con razón.

Me estoy devanando los sesos al procurar averiguar por qué iba a conducir a un lugar sin ventanas y con una puerta con tres pestillos un portal del Katmere. Aunque ninguna de las hipótesis que se me ocurren me deja más tranquilo.

—Tenemos que pirarnos de aquí —anuncio y Grace me lanza una mirada como de «no me digas».

—¿Intentamos encontrar el portal otra vez? —pregunta—. ¿O deberíamos...?

No termina la frase, pero sé lo que iba a decir.

—O deberíamos volar este sitio por los aires.

—Sí.

—A mí me mola más la segunda, pero como no tenemos ni idea de dónde estamos, podríamos meternos en un problema según quién esté al otro lado de la puerta, puede que montando guardia.

Aunque todos mis instintos me gritan que quedarnos aquí como dos pasmarotes es un problemón aún más grande.

Así que a tomar por saco. Da igual lo que haya ahí fuera, aunque sea un puñado de humanos a los que les vaya a explotar la cabeza si ven a un vampiro y a una gárgola paseando por la calle. Es mejor que estar aquí sentados esperando a ver qué pasa.

—Vamos allá —le digo a Grace mientras estiro una mano y siento que la puerta se desintegra. Unos segundos más tarde cierro el puño y la puerta obedece.

—Pensaba que ibas a destruirlo todo —comenta Grace a la par que caminamos hacia la apertura.

—He optado por lo discreto.

—Buen plan —afirma mientras atraviesa el hueco.

Cuando la sigo veo por qué lo ha dicho así: aunque no estemos en pleno centro de Anchorage estamos a las afueras de una especie de pueblo. Uno en el que hay coches circulando por la carretera y gente saliendo de un restaurante cercano, es decir, que se habrían dado cuenta si hubiera llegado a desintegrar toda la cabaña.

—¿Y qué hacemos ahora? —pregunto mientras escudriño los alrededores en busca de alguna característica distintiva.

Grace saca el móvil.

—Mi primer instinto sería volar para obtener una vista aérea del lugar. Pero estoy bastante segura de que, si me salieran alas en la espalda, la cosa no iría muy bien. Aunque tampoco podemos pedir que nos indiquen el camino hasta el Katmere, porque Google Maps no sabe ni que existe.

—No, pero me juego lo que quieras a que sabe que ese local existe —sugiero mientras señalo al restaurante que hay enfrente.

—Justo lo que estaba pensando. —Unos segundos más tarde añade—: Parece ser que estamos en Healy, aunque en el lado opuesto del aeropuerto en el que aterricé nada más llegar a Alaska.

—¿Healy? —pregunto porque ya había estado aquí. Cualquiera que estudie en el Katmere lo ha visitado en algún momento—. Y sin ofender, pero ¿no crees que te estás pasando al llamarlo «aeropuerto»?

Pone los ojos en blanco.

—Dice el vampiro que seguramente no habrá puesto un pie en un avión en su vida.

—¿Por qué iba a necesitar un avión cuando corro más rápido que la mayoría de ellos?

—Porque, por lo que sé, los vampiros no caminan sobre el agua —rebate con las cejas levantadas.

—Todavía —argumento.

Grace se limita a negar con la cabeza y vuelve a poner los ojos en blanco. Me dan ganas de besarla, tengo unas ganas tan locas de abrazarla que me duelen hasta los dedos, así que doy un paso atrás por si acaso. Y explico:

—Sé qué era esa cabaña. Y por qué se movía el portal de esa forma.

—¿Ah, sí? —Mira a su alrededor como si temiera que estuviéramos en peligro—. ¿Por qué?

—No hay de qué preocuparse. Hace un par de décadas

unas cuantas brujas hechizaron un portal en el bosque a las afueras del Katmere. Lo hicieron para poder salir del instituto a hurtadillas siempre que quisieran porque los toques de queda eran mucho más estrictos por aquel entonces. Cuando se graduaron dejaron el portal para que lo encontraran las siguientes generaciones del Katmere, pero los rumores dicen que nunca lo había encontrado nadie.

—Hasta nosotros —comenta Grace con una sonrisa.

—Hasta que lo has encontrado tú —contesto—. Yo solo me he acoplado al viaje.

—Sí, bueno. —Echa la vista a las enormes montañas que se ciernen en la distancia—. Si no recuerdo mal, el Katmere está todo recto, subiendo por esa ladera.

—Sí, pero antes tenemos que llegar a la montaña. Y la única forma de hacerlo sin llamar la atención...

—Es andando —termina ella con un suspiro mientras ambos contemplamos el largo camino que se abre ante nosotros.

—Exacto. —Hago una pequeña reverencia y muevo el brazo con una floritura—. Las damas primero.

8
ESTAR EN LA MIERDA PROFUNDA ES LA NUEVA (PARA)NORMALIDAD

—He de decir —comenta Grace después de diez minutos caminando, tras los que apenas llegamos al siguiente hito kilométrico— que todo el tema este del ser humano normal es un rollo total.

—Y lo dice la chica que pensaba que era uno de esos seres humanos «normales» hasta hace unos seis meses —contesto yo.

—Ya, bueno, en seis meses pueden cambiar muchas cosas.

Me lanza una mirada maliciosa, pero yo me limito a negar con la cabeza y decir:

—Qué maldita razón tienes, la verdad.

Grace se ríe, pero esta vez suena rara. Tan rara que la miro con el rabillo del ojo, en realidad solo para intentar averiguar qué está pensando o sintiendo.

Pero resulta que ella ha decidido hacer lo mismo conmigo, y nuestras miradas se encuentran. Y las mantenemos.

Y, así, sin más, me olvido de respirar.

Grace intenta desviar la vista; lo veo en la forma en que le tiemblan los párpados, en cómo hunde la barbilla y se inclina hacia delante.

Pero no funciona. Me clava la mirada durante tanto

tiempo que no solo me olvido de respirar, me olvido de cómo respirar. Un problema que ella parece estar sufriendo a su vez porque se ha quedado completamente inmóvil.

Dentro de mí la necesidad de tocarla se ha convertido en un dolor que me carcome; a la chica que no se acuerda de mí, pero cuyo cuerpo (cuya alma) recuerda lo suficiente para establecer nuestro vínculo de compañeros. Me lanzo a tocarla, a apartarle los rizos de la cara y a rozarle la mejilla con los nudillos, tal y como he hecho antes tantísimas veces.

Pero solo llego a levantar la mano antes de darme cuenta de que, seamos compañeros o no, Grace no me ha dado permiso para tocarla así. Peor aún: quizá no me lo dé jamás.

Ese pensamiento rompe el hechizo (o lo que sea esto que se arquea y tiembla entre nosotros) y me meto las manos en los bolsillos para mayor protección ante la tentación.

Por su parte Grace rompe el contacto visual y da un paso vacilante hacia atrás. Después otro y otro más hasta que tropieza por el camino despejado y casi se cae al suelo cubierto de nieve.

Estira la mano para intentar estabilizarse y, al hacerlo, se aferra a la manga de mi sudadera con la punta de los dedos. Por muy ridículo que me parezca, el bíceps me empieza a arder en cuanto me toca; incluso con dos capas gordas de ropa entre sus dedos y mi piel.

—¿Estás bien? —pregunto mientras ella se suelta poco a poco.

—Sí. —Se obliga a soltar una risa algo bronca—. Perdona. Todavía no me he acostumbrado a la nieve todo lo que debería.

—No tienes que disculparte conmigo nunca —le digo.

—No creo que vayas en serio.

—De verdad —insisto, pero Grace se limita a negar con la cabeza.

—Estoy segurísima de que en este mismo momento te debo varias disculpas.

—¿Por...? —pregunto, pero al instante me odio por haberle demostrado que me importa. Me odio casi tanto como por la esperanza que guardo en lo más profundo de mí, y que se ha liberado del yugo bajo el que la tenía desde hacía tres días.

—Por muchas cosas —susurra—. Para empezar, por olvidarme de eso que es evidente que necesitas que recuerde.

—No pasa nada —le contesto, porque por primera vez siento que de verdad podría no pasar nada—. Puedo esperar.

—Es que a eso voy. No quiero que esperes. No quiero que nadie tenga que esperar así, en una especie de limbo raro. Solo quiero saber lo que ocurrió durante esos meses que estuvimos encerrados juntos. ¿De verdad éramos amigos? ¿Éramos algo más que amigos? Y, si así fue, ¿cómo llegó a pasar? ¿Por qué ocurrió cuando yo seguía siendo la compañera de Jaxon?

El corazón me va a mil por hora, pero lucho por sonar tranquilo cuando le pregunto:

—¿De verdad quieres que responda a todas esas preguntas?

—¡Sí! —me dice con la voz cargada de determinación. Entonces, segundos después, suelta con el mismo entusiasmo—: ¡No! ¡Ay, no lo sé! Ese es el problema, ¿no? Quiero saberlo todo, pero saberlo no cambiaría nada en realidad.

No es la respuesta que esperaba, pero intento ayudarla a aclararse todo lo lenta y cuidadosamente que puedo.

—¿No?

—¡Claro que no! —Levanta las manos—. Porque, por mucho que me lo contaras, no cambiaría nada. Porque da igual lo que sea que digas que ha pasado, no me voy a acordar. Da igual lo que digas que yo sentía porque ahora no lo siento. Entonces ¿valdría de algo que lo supiera? ¿O no haría más que ponernos las cosas más difíciles... a los dos?

Está haciendo preguntas buenas, preguntas lógicas. Y, aun así, para mí es como si me arrancara el corazón del pecho una y otra vez. Porque tiene razón. Solo porque yo le cuente lo que hicimos, solo porque yo le cuente qué sentíamos y cómo ocurrió todo, no implica que vaya a sentirlo otra vez. Da igual lo que le cuente, cuántas historias le relate o cuántos meses abarque, no será lo mismo si ella no lo recuerda.

No será igual que si lo estuviésemos viviendo juntos, día a día, minuto a minuto, viviendo el presente.

Pero seguir así no es mucho mejor, esperándola, esperando a que recupere los recuerdos. Esperándola hasta que entienda por qué somos compañeros. Hasta que entienda por qué me quiere.

Y todavía me quiere, en algún lugar de su interior.

Si no me quisiera, el vínculo de compañeros no habría surgido el mismo día en el que se rompió el suyo con Jaxon. Si no me quisiera, yo no seguiría aquí aguantando (y no es un limbo, como ella ha sugerido, sino el infierno) y esperando a que mis sentimientos sean correspondidos.

Si no me quisiera, yo lo sabría.

Y por eso no hago lo que mi instinto me está pidiendo a gritos que haga. No le cuento lo que ocurrió entre nosotros, y menos aún le cuento que me prometió que me querría para siempre.

En cambio, reculo y digo:

—Vale.

—¿Cómo que «vale»?

Parece sorprendida, pero yo me limito a encogerme de hombros.

—Pues que vale. Que tienes razón en lo que dices. No te contaré nada.

—¿Nada de nada? —pregunta con incredulidad. Y un poquito más que molesta.

No sé por qué me siento mejor al notar su enfado, pero así es. Conque me encojo de hombros con indiferencia al tiempo que se lo confirmo.

—Nada de nada. —Después apunto al Denali con la cabeza—. Tendríamos que ponernos en marcha si queremos subir esa montaña a tiempo para la hoguera.

—¿La hoguera? —repite, y la afrenta que siente se destila de cada palabra—. ¿De verdad ahora te preocupa la hoguera?

—En realidad lo que me preocupa son las putas quemaduras del sol —le contesto con una sonrisa burlona—. Pero sí, me molan las hogueras. Así que venga, vamos.

—¿Vamos? ¿Así sin más?

—A ver, no te ofendas, pero pareces un loro ya.

Sé que, teniendo en cuenta todo lo que acaba de decir, me estoy pasando un poco con las bromas, pero no puedo evitarlo.

Lo que empezó siendo una forma de guardar las apariencias se está convirtiendo en mucho más. En concreto, en una oportunidad para ver que Grace necesita respuestas, aunque ni siquiera ella misma lo sepa. Es más, quiere entender qué sentíamos el uno por el otro, qué somos el uno para el otro, independientemente del tocapelotas de mi hermano.

Y eso me sienta de maravilla; ni hablemos ya de cómo le sienta a mi magullado, maltrecho y maltratado corazón.

—Y tú te pareces a... —Corta las palabras de raíz y, a juzgar por el sonido ahogado que le nace del fondo de la garganta, casi se corta también la lengua con ellas. Pero al final inspira hondo y dice—: Vale. Vamos. Seguro que los demás están preocupados por nosotros, y tampoco es que aquí vaya a tener cobertura.

Sale disparada por el camino como si la persiguiera una jauría de perros del infierno. Yo la sigo de cerca, y acabamos caminando en silencio durante varios minutos. O, para ser más exacto, yo camino. Grace atraviesa el pueblo marchando, con la barbilla bien levantada.

Al final llegamos a las afueras de Healy, rodeadas de árboles, y por primera vez abandonamos el camino en un intento por llegar al bosque, donde podremos dejar de fingir que no somos seres paranormales.

—Si acortamos por aquí, y tú vuelas bajito, llegaríamos bastante rápido al instituto —le explico.

Al principio creo que no va a contestarme, pero entonces me lanza una breve mirada de desaprobación, la aparta, y me dice:

—¿Cuánto tiempo es «bastante rápido»?

—No lo sé. —Pero como por su tono de voz parece que ya está volviendo a ser la Grace de siempre, me la juego—. ¿Quieres echar una carrera?

Así de primeras, creo que va a pasar de mí, pero entonces no puede evitar reírse.

—Tal vez todavía no haya aprendido mucho en el Katmere, pero sí lo suficiente para saber que no debo echar una carrera con un vampiro.

—Te prometo que iré a la mitad de mi velocidad.

—Anda, ¿en serio? —Grace se muestra algo más que escéptica.

—Pues sí —contesto—. Pero también me sé un atajo. Así que a ver si puedes seguirme el ritmo.

—Pues claro que puedo seguirte el ritmo —responde, y de pronto veo una mirada de reconocimiento en sus ojos que hace que de nuevo el corazón me vaya a mil por hora.

No es la primera vez que hemos tenido esta conversación. Ni siquiera es la décima vez. Y por un instante no puedo evitar pensar que ella lo sabe. Que, a pesar de que no lo recuerde todo, sí que se acuerda de esto en particular.

Pero ese atisbo de reconocimiento desaparece tan rápido como ha llegado, y Grace emprende el vuelo sin siquiera avisarme. Como siempre, porque es evidente que hay cosas que no cambian nunca. Será tramposa.

—¡Nos vemos en el Katmere! —me grita desde arriba riéndose, justo antes de echar a volar directa a la ladera de la montaña tan rápido como le permiten sus alas.

Puedo ganar, de eso no tengo la menor duda. Pero, por mucho que le haya planteado un reto, no me interesa en absoluto ponerme por delante de ella. Por una parte porque quiero vigilarla, y por la otra porque es divertido estar aquí fuera, corriendo por la nieve. Tengo a mi compañera volando por encima de mí, el viento a la espalda y, por un ratito, siento que mi mundo está en orden.

9
EMBRUJADO Y PELIGROSO

Tardamos una media hora en llegar a las inmediaciones del Katmere. En cuanto nos acercamos al bosque donde estábamos buscando los portales, Grace aterriza a mi lado. Está sonriendo, le brillan los ojos y parece que ya se le ha pasado el enfado que tenía en Healy.

—Me lo he pasado genial —dice mientras saca el móvil para enviarle un mensaje a alguien—. No he tenido muchas oportunidades de volar solamente por pura diversión.

—No me había enterado de que te lo estabas pasando bien ahí arriba —la chincho—. Sobre todo si tenemos en cuenta la cantidad de tirabuzones y giros que has estado haciendo.

—La primera vez que volé sin ir en avión fue en el lomo de Flint. ¿Acaso te sorprende que ahora tenga alma de temeraria?

—Estoy casi seguro de que siempre has tenido alma de temeraria —contesto sin preocuparme por corregirla acerca de la primera vez que voló. Tampoco es que lo recuerde.

—No sé yo —discute mientras termina el mensaje y lo envía—. Ah, menos mal, vuelvo a tener cobertura. No me llegaba en Healy.

El móvil suena unos segundos después.

—Macy dice que todo el insti ha estado buscándonos desde que hemos desaparecido.

—No me sorprende nada.

Si Jaxon no hubiera removido cielo y tierra buscándola, ahí sí que me habría sorprendido. Y aun así no se la merecería.

Vuelve a sonarle el móvil.

—Ahora que saben que estamos a salvo, van a poner rumbo a la hoguera. Podemos encontrarnos con ellos allí.

—Estupendo.

Me esfuerzo al máximo por no dejar que se entrevea el sarcasmo en mi voz, pero no debe de salirme bien porque Grace me lanza una mirada.

—Pensaba que te gustaban las hogueras.

—Y me gustan —contesto.

Lo que no le digo es que he disfrutado de su compañía la última hora y aún no estoy listo para devolvérsela a los demás. Desde luego, no estoy preparado para devolvérsela a Jaxon.

Grace frunce el ceño ante mi respuesta, parece que quiere indagar un poco. Casi me gustaría que lo hiciera, pero al final no dice nada. Se limita a ponerse en marcha otra vez. Así que camino junto a ella.

Me gusta pasear entre los árboles con una Grace sonriente y risueña, sobre todo cuando acabamos cerca del riachuelo lleno de flores silvestres junto al que me gusta correr. Baja la vista a las florecillas que emergen entre la nieve mientras me mira con el rabillo del ojo.

—No te he dado las gracias —medio susurra—. Por las flores de esta mañana. Son preciosas.

—Me han recordado a ti.

Se sonroja.

—También he de agradecerte los rollos de canela. Aunque Macy se los ha comido casi todos.

—Oye, tampoco me viene mal ganarme a tu compi de habitación.

Se me escapan las palabras antes de que me dé cuenta de que iba a pronunciarlas. Sin embargo, en cuanto lo hago no me arrepiento. Puede que no quiera oír lo que pasó durante el tiempo que estuvo congelada, pero eso no significa que ahora no pueda recordarle mis sentimientos. Y lo que quiero.

—¿Es eso lo que intentabas? —pregunta con cautela en la voz mientras nos dirigimos al camino que nos acercará al castillo—. ¿Ganarme?

—Eres mi compañera —respondo, aunque es solo la mitad de la historia. Y puede que ni siquiera sea la mitad más interesante si la comparamos con lo que nos brindaron esos meses que pasamos juntos.

—Lo sé. Pero... —Suelta un largo suspiro y mira a todas partes menos a mí—. Estoy con Jaxon.

—Soy consciente.

De verdad, nadie es más consciente de esa jodienda que yo. Al fin y al cabo me he pasado las dos últimas semanas en su cabeza. Y ahí dentro el ochenta por ciento de las veces no hay más que Jaxon. Puede que incluso el noventa.

—Es que... —Se calla y exhala—. No sé qué significa eso para nosotros. En fin, olvida todo lo que pasó durante esos tres meses y medio durante un instante. ¿Cómo puedo ser tu compañera ahora mismo, en el presente, si estoy locamente enamorada de él?

Entiendo su pregunta. Y joder, pensaba que estaba preparado para mantener esta conversación. Pero cada palabra me duele como un tiro, me roba la alegría que sentía hace nada y me recuerda todo lo que hemos perdido y lo que quizá nunca recuperemos.

Estoy más que preparado para enfrentarme a Jaxon por ella, por muy hermano mío que sea, pero ¿cómo cojones me enfrento a lo que ella siente por él? ¿Cómo cojones hago que me quiera como antes?

—No lo sé —admito con voz ronca—. Igual el universo la ha cagado.

—¿Crees que es eso lo que ha pasado?

—No —respondo.

Tengo más que añadir, mucho más, pero antes de que pueda decir nada recorremos la última curva del camino y nos topamos cara a cara con un Jaxon furibundo.

—¿Qué coño has hecho? —exige saber mientras se me lanza encima con tanta fuerza y tan deprisa que salgo volando hacia atrás por los aires.

10
NO TE LLEVES A UN BRUJO A UN ENFRENTAMIENTO ENTRE VAMPIROS

—¡¿Qué cojones haces?! —grito mientras me lo quito de encima y me levanto de un salto en cuanto nos caemos al suelo.

—¿De verdad pensabas que eso iba a funcionar? —gruñe—. Me robas a mi compañera y, cuando ella no sale corriendo a tus brazos, ¿la secuestras, cabrón?

—¡Jaxon, eso no es lo que ha pasado! —dice Grace, e intenta interponerse entre los dos.

No la dejamos. Puede que sea una gárgola, pero nosotros dos somos vampiros. Y somos la hostia de rápidos, muchísimo más que ella.

—Te encantaría que lo hubiese hecho, ¿no? —espeto mientras nos movemos en un círculo—. Así podrías seguir pensando que soy el malo de la película. Seguir pensando que tenías razón cuando intentaste matarme, joder.

—¡Conseguí matarte! —ruge Jaxon como respuesta.

Vuelve a abalanzarse sobre mí, pero esta vez lo veo venir y me hago a un lado; le pego una patada en el culo que lo manda volando a varios metros de distancia.

Jaxon aterriza de pie en medio de un montón de brujas y reaparece donde estoy yo de un salto. Me desvanezco varios metros hacia un lado para apartarme de su trayectoria, pero consigue cambiar de rumbo en pleno salto y aterriza sobre mí.

Caigo de rodillas al suelo por el inesperado impacto de su cuerpo contra mis hombros e intento librarme de él. Pero, no sé cómo, me rodea el cuello con las manos y el muy capullo empieza a apretar con fuerza.

Y joder. Es que joder. Sabía que este enfrentamiento iba a llegar, pero no quería que fuese así. Quería tener el control de la situación para que nadie saliese herido. Ahora mismo Jaxon está completamente fuera de control y yo me estoy viendo obligado a actuar según la decisión de mierda que esté tomando él, en vez de controlar la situación. Es un asco, pero si así es como Jaxon quiere que sea, pues bien. Me jodo y me adapto.

—¡Jaxon, para! —grita Grace mientras intenta sacármelo de encima.

No va a conseguir nada, pero como ahora mismo mi hermanito me está ahogando, no puedo expresarlo. No obstante, lo que sí puedo hacer es aguantarme y dejar que me ahogue hasta que Grace se aleje. Después de todo lo último que quiero es que acabe metida en medio de todo esto y salga herida.

Grace se esfuerza más tiempo del que esperaba, pero en cuanto veo que se aleja para modificar su agarre, me muevo. Lanzo a Jaxon por encima de mi cabeza y lo estrello contra el suelo con toda la fuerza que puedo.

La gente se apiña a nuestro alrededor, si bien yo estoy demasiado ocupado dándole un puñetazo en la cara a mi hermano como para prestarle atención al público.

—No pensarías que iba a dejar que me mataras otra vez, ¿no? —me burlo—. Para eso solo tienes una oportunidad.

Le pego una y otra vez, pero con el quinto puñetazo Jaxon consigue echar los hombros a un lado y deshacerse de mí.

Me estampo contra un árbol cercano y oigo el tronco partirse por la fuerza del impacto. Me quedo sin aliento durante un par de segundos y, mientras lucho por volver a respirar, Jaxon aterriza delante de mí.

—Todo iba mejor cuando estabas muerto —me dice, y me pega una buena patada en las costillas—. ¿Por qué no podías quedarte así?

Otra patada más.

—Lamento que sea un inconveniente para ti que yo siga vivo —señalo casi sin voz cuando por fin puedo respirar. Y, cuando Jaxon levanta el pie para darme una tercera patada, se lo cojo.

—¿Qué mierdas hac...? —empieza a decir, pero no puede acabar la frase porque lo lanzo por los aires y por encima de la cabeza de la multitud que nos rodea.

Aterriza un par de metros por delante de la hoguera y se desliza por la tierra. Tarda un poco en darse la vuelta y, cuando lo consigue, yo ya estoy plantado delante de él.

—¡Vete a la mierda! —me grita mientras el suelo tiembla bajo nuestros pies—. No tienes derecho a hacerte la víctima.

—¡Tú tampoco! —le contesto también a gritos—. Te paseas por el instituto lloriqueando como un puto gilipollas, y lo tolero porque te entiendo. Te duele y estás cabreado. Pero verás, imbécil, no eres el único que está sufriendo. Así que supéralo de una puta vez y acabemos con todo esto.

—Prefiero darte una paliza —afirma poniéndose en pie como si le costara.

Lo miro con los ojos entrecerrados y niego con la cabeza.

—Si así quieres que sea, pues vale.

—Es que así va a ser —me responde. Y esta vez, cuando me lanza un puñetazo, no lo esquivo. En cambio le cojo el puño con las manos a pocos centímetros de mi cara y se lo aprieto hasta que el suelo empieza a sacudirse con fuerza.

Jaxon intenta pegarme con la otra mano, y también se la agarro al vuelo. Y aprieto, y aprieto, y aprieto hasta que oigo los huesos chirriar entre ellos.

—¡Hudson, para! —grita Grace, y esta vez es a mí a quien coge—. ¡No lo hagas, por favor!

Quiero quitármela de encima, quiero acabar con las bravuconadas de mi hermano de una vez por todas. Pero no puedo pasar de Grace si me pide algo, y menos cuando oigo las lágrimas en su voz, unas lágrimas que se está esforzando mucho por no soltar.

Así que hago lo único que puedo hacer en esta situación. Le suelto las manos a Jaxon y lo aparto de un empujón.

—¡Déjalo ya! —rujo cuando veo que se acerca a mí—. ¡Ya está bien!

—No puedes decirme cuándo parar —me contesta con desprecio.

—¡Puede que él no! —grita Foster mientras se abre paso hacia nosotros a toda velocidad—. Pero yo sí.

Y, con un gesto de la mano, nos manda volando a cada uno a un lado.

11
DE SANGRE Y HERMANOS

—¡Arriba! —brama Foster, y nos levanta a ambos del suelo con otro movimiento de la mano—. ¡En el Katmere no se tolera esta clase de comportamiento!

Una parte de mí quiere hacer un comentario mordaz sobre el resto de las conductas que sí le parece bien tolerar en su santificada institución; no obstante, como tengo algo más que un poco de responsabilidad en todo a lo que esta situación se refiere, cierro la boca.

Aun así no me mola lo de que un brujo cualquiera me mande de un lado a otro, sea mi director o no. Así que en cuanto veo que está empezando a mover la mano otra vez, empleo la persuasión para decir:

—No quieres hacer eso.

Foster para al instante, pero me mira con los ojos entrecerrados.

—¿De verdad quieres jugar a este juego conmigo, señor Vega?

—No, en absoluto. Solo quiero volver a mi cuarto.

—Bien, venga, adelante. —Entonces se vuelve hacia Jaxon—: Tú te quedas aquí unos diez minutos, y después podrás volver también a tu cuarto. Ya hablaremos del tema mañana, al acabar la fiesta de la Búsqueda del Portal.

Jaxon pone los ojos en blanco como el imbécil que es, pero yo asiento y atravieso la zona de la hoguera hasta el camino que me llevará de vuelta al Katmere. Por el camino observo cómo Grace corre hacia Jaxon. Cómo le rodea la cara con las manos. Y cómo le da un dulce beso.

Y así, sin más, se rompe algo dentro de mí. Porque incluso después de que haya sido él quien ha empezado esta ridícula pelea y ha pasado de ella cuando le suplicaba que parara, Grace lo elige a él.

Incluso después de gritar delante de todo el mundo que desearía que yo siguiera muerto, lo elige a él.

A pesar de que sabe que yo no soy el malo de la película, lo elige a él.

Me duele más de lo que había imaginado, más de lo que podría haber llegado a imaginar nunca.

Tras pasar las últimas dos semanas en la cabeza de Grace y ver cómo elogiaba a mi hermano, pensaba que ya me habría curtido. De hecho, después de eso estaba casi seguro de que no había nada que ella pudiera hacer (que ninguno de los dos pudiera hacer) que fuera a herirme.

Pues resulta que me había equivocado.

Aquí estoy, intentando hacer lo correcto, intentando tratar a mi compañera de la mejor forma que sé. Y ella está tan cegada por Jaxon que ni siquiera se da cuenta.

Una pena que esté comprendiendo ahora que Grace nunca va a darse cuenta. Es más, que nunca va a elegirme a mí. Se enamoró de Jaxon. Es él con quien quiere estar. Intentar fingir lo contrario, o fingir que igual tengo una oportunidad con ella después de que ya me haya dicho que no, es patético.

He sido un montón de cosas en la vida, pero hasta ahora no había sido patético.

Y si de mí depende, no volveré a serlo nunca jamás.

Así que a la mierda el universo y a la mierda el valioso vínculo de compañeros que la gente está dispuesta a esperar toda la vida para encontrar. Para mí está más que sobrevalorado. Y estoy harto, se acabó.

Se acabó el vínculo de compañeros y la puta magia esa, sea cual sea, que me haya hecho llegar a pensar que ella me había elegido, al menos hasta cierto punto.

Se acabó dejar que me pisoteen las dos únicas personas que de verdad me han importado en toda mi puta vida.

Y, joder, se acabó de una vez por todas ser el chivo expiatorio de mi hermanito solo porque se crea que el universo se dedica a joderle la vida.

No pienso seguir esperando a que Grace me vea. Jaxon y ella pueden quedarse el uno con el otro.

12
AJEDREZ Y EQUILIBRIOS

No puedo dormir. Tengo que asumirlo y levantarme. Podría leer un libro, hacer deberes, escuchar música, lanzar hachas... Lo que sea menos contemplar el techo mientras pienso en Grace.

Han pasado treinta y seis horas desde que me he ido dejándolos a ella y a Jaxon atrás en la hoguera, y no he conseguido pegar ojo desde entonces. Ni ayer ni hoy.

Foster no nos ha impuesto ningún castigo después de nuestra pelea debido a las «circunstancias atenuantes», aunque no le ha hecho ni pizca de gracia enterarse de que Grace es mi compañera, pero que está enamorada de mi hermano. Pues vaya, bienvenido al club, colega.

También ha dejado muy claro que Jaxon y yo pendemos de un puto hilo finísimo. Pero no es eso lo que me quita el sueño. Parece que me he pasado toda la vida caminando por una cuerda floja tan fina como el hilo dental, así que esto no es nada nuevo para mí.

No, la razón por la que no puedo pegar ojo es porque Grace me mandó un mensaje anoche para preguntarme si estaba bien. Si podíamos hablar. No contesté en su momento y tampoco esta mañana cuando me ha vuelto a escribir para confirmar. Es mi compañera, pero no creo que ahora mismo tenga nada que decirle.

No estoy seguro de si alguna vez tendré algo más que decirle.

Y he ahí la razón que me ha tenido en vela toda la noche, la que me atormenta cada vez que trato de cerrar los ojos. Apartarme de Grace es como si me despellejaran poquito a poco.

Pero quedarme cerca de ella y verla con Jaxon, verla elegir a mi hermano una y otra vez delante de mis narices, tampoco es que sea mejor. Es como si estuviera entre la espada y la pared, y parece que ambas se van acercando.

Joder. Es que joder.

Me destapo y salgo de la cama. Después de cambiarme y ponerme unos pantalones de chándal y una camiseta me dirijo a los pasillos. Puede que si doy un paseo o tomo una taza de sangre caliente me entre el sueño.

Pero al llegar a la planta baja me encuentro con Macy sentada a la mesa de ajedrez que hay a los pies de la escalera. No está jugando, ni siquiera está mirando las piezas. En vez de eso está sentada con los dos brazos sobre la mesa y la cara escondida en la sangradura del codo mientras solloza sin parar y sin disimulo.

Está pasando su propio duelo (uno terrible), y me planteo esfumarme escaleras arriba antes de que se dé cuenta de que estoy aquí. Si yo estuviera en su situación no querría que nadie me viera de esa forma.

Aunque, para ser sinceros, ahora mismo me siento de la misma puta forma por dentro y, a pesar de que nunca dejaría que nadie lo viera, sin duda me gustaría que alguien se preocupara por mí.

Así que, en vez de subir las escaleras a toda prisa, camino hasta Macy y me acuclillo a su lado. Después le coloco la mano en la espalda en lo que espero que sea un gesto de consuelo.

—Lo siento —susurro.

Ella se pone recta de un respingo, se lleva las manos a las mejillas por instinto para enjugarse las lágrimas. Pero entonces se percata de que soy yo y, en vez de ocultar su pena, me envuelve con los brazos, esconde la cara en mi hombro y empieza a llorar como si se le rompiera el mismísimo corazón.

Durante un rato me quedo de piedra ante la crudeza de su dolor. Combinado con el que yo siento por perder a Grace es casi más de lo que puedo soportar. Casi.

Con torpeza, levanto los brazos y rodeo con ellos a Macy; le doy palmaditas en la espalda, espero que de forma reconfortante.

—Lo siento —vuelvo a susurrar mientras ella solloza con más intensidad si cabe—. Lo siento mucho.

Ella se limita a llorar más, como si se le volviera a romper el corazón por Xavier otra vez. Yo la abrazo aún más fuerte, la acuno como he visto que las madres hacen en las películas con los niños que se han hecho daño. Parece funcionar, porque unos minutos más tarde los sollozos disminuyen hasta que al final deja de llorar del todo.

—Perdona —musita ella al tiempo que se separa de mí—. No quería venirme abajo en la habitación con... —Se calla de repente.

—Grace —acabo yo su frase haciendo caso omiso al agujero en mi interior que se vuelve más grande con solo mencionarla, con solo pensar en ella—. Puedes decir su nombre.

Macy niega con la cabeza, intenta limpiarse la nariz con la manga con disimulo y yo hago que se recline en la silla con delicadeza.

—Dame un segundo —le pido.

Después me desvanezco hasta el baño más cercano para coger un poco de papel higiénico. Decido humedecer un par de toallitas de papel en el último momento para que pueda lavarse la cara. Vuelvo unos diez segundos después, con el papel en la mano, y ella me mira agradecida cuando lo acepta. Se suena la nariz un par de veces y se pasa los trozos de papel húmedo por las mejillas y los ojos.

—Gracias —me dice.

—De nada. —Ha parado de llorar, pero no me siento cómodo dejándola sola todavía, así que me coloco en la silla que hay al otro lado de la mesa de ajedrez. Y pregunto—: ¿Puedo hacer algo por ti?

—No. —Niega con la cabeza—. No puedo dormir y no soportaba la idea de seguir mirando el techo un segundo más. A veces tengo días buenos, ¿sabes? Casi puedo olvidar lo triste que estoy en realidad, casi olvido el dolor que intento ocultarles a los demás.

—Eso me suena.

Me escudriña la cara con los ojos hinchados por las lágrimas.

—Ya lo creo.

—¿Quieres hablar del tema?

Esta vez niega con la cabeza con brío.

—No hay nada más que hablar. Está muerto y yo tengo que descubrir la forma de vivir con ello. —Asiento—. ¿Quieres hablar tú de por qué estás deambulando por el castillo de madrugada? —pregunta.

—Tampoco hay mucho que decir al respecto —confieso.

—Ya, me lo imaginaba. —Mira a la zona superior de las escaleras—. Aún no puedo volver a la cama.

—Pues claro que no.

Ella señala con la cabeza las piezas de ajedrez que tenemos delante.

—¿Una partidita?

Ni siquiera se me había ocurrido. Ha pasado mucho tiempo desde que mi tutor y yo nos sentábamos a jugar al ajedrez en mi habitación, pero en cuanto me lo pide me doy cuenta de que sí que quiero echar una partida. Me apunto a cualquier cosa que pueda hacer que deje de pensar en Grace más de treinta segundos seguidos.

—Sí, claro. —Señalo con la cabeza a las piezas de dragón en su lado del tablero—. Tú primero.

Ella vuelve a asentir y mueve uno de sus peones: dos casillas en diagonal.

Me quedo mirando fijamente la pieza durante un instante, estupefacto. Empiezo a contarle que los peones solo se mueven de esa forma para capturar una pieza; sin embargo, cuando mi mirada se encuentra con la suya, todavía con marcas de lágrimas, decido que no importa. En vez de eso la capturo con una de las mías.

Ella hace lo mismo con la mía un segundo más tarde, solo que esta vez no mueve el peón en diagonal tal y como debería haber hecho. Vuelvo a intentar advertirle, pero decido que no vale la pena.

En vez de eso muevo el alfil, a lo que ella responde moviendo la torre, ¡también en diagonal!

—No puedes... —empiezo, pero parece estar tan confundida que no me veo con fuerzas para explicarlo. No esta noche, después de que me haya usado de paño de lágrimas. Y menos cuando hay una parte de mí a la que le apetece devolverle el favor.

Así que, en vez de eso, muevo el alfil en diagonal (tal y como se debe hacer) y capturo su torre.

Macy contempla el tablero llena de confusión.

—¿Estás seguro de que puedes hacer eso?

—Sí —contesto, porque no tengo ni idea de qué se supone que tengo que decir si no.

—Ah. —Se encoge de hombros—. Pues vale.

Después mueve al alfil hacia delante dos casillas y lo pasa por encima de otra pieza. Ahí es cuando descarto cualquier idea que tuviera de explicarle cómo se mueven las piezas en realidad. Así que jugamos en silencio durante diez minutos, solo acompañados por el sonido de las pesadas piezas de ajedrez sobre el tablero que nos separa. De hecho, no habla hasta que no capturo su segundo caballo (después de que capturara mi alfil con un movimiento muy raro de su reina que, evidentemente, era ilegal).

—¿Sabes? Daría lo que fuera por pasar un poco más de tiempo con Xavier.

—No lo dudo —afirmo.

Mueve el alfil hacia atrás en línea recta, en lo que es un claro sacrificio para tender una trampa a mi reina. Si es que alguna de las piezas que tiene planeado usar para poner en marcha la trampa hiciera de verdad lo que ella cree que hace.

—No deberías malgastar el tiempo del que dispones con Grace —añade—. No sabes cuánto te queda.

—No es lo mismo —explico mientras muevo la reina adonde ella quiere solo para ver qué hará, aunque haya sentido sus palabras como bombas en mi interior.

Ataca mi reina con su rey, cosa para la que necesita moverlo cinco casillas; después quita la reina vampiro del tablero como si fuera un premio, y desde luego no lo es, yo lo sé bien.

Acto seguido me mira sin disimular las chispas de victoria que le brillan en los ojos.

—Sabía que no habías superado lo de Grace. Sabía que solo te estabas lamiendo las heridas.

—¿Y cómo has llegado a esa conclusión, si se puede saber? —pregunto levantando las cejas.

—Estás deambulando por el instituto en plena noche y llevas unas pintas...

—Gracias —contesto de forma seca.

—Lo siento, pero es la verdad. ¿Cómo es posible que tú, de entre todas las personas, vayas por ahí con una camiseta tiñosa y un chándal feo que te cagas?

—Es que es de madrugada.

—A mí no me la cuelas. —Me lanza una mirada de comprensión—. Además, estoy a punto de ganar esta partida y yo nunca gano al ajedrez.

—Me dejas sin palabras. No sé por qué será.

No pilla el sarcasmo ni de lejos (o decide ignorarlo), porque contesta:

—Porque echas de menos a Grace y estás melancólico.

—Pues claro que echo de menos a Grace —respondo—. Es mi compañera y tiene por costumbre arrancarme el puto corazón del pecho. Pero no estoy melancólico. Estoy autocompadeciéndome. No es lo mismo.

He revelado más de lo que pretendía. Más de lo que le he revelado a cualquier persona que no sea Grace sobre lo que ocurre dentro de mi cabeza, pero Macy no parece estar juzgándome. Solo parece triste, pero de una forma distinta a la de cuando he bajado por las escaleras.

—Sé que ahora mismo sientes que estás en la puta mierda —comenta, y me pilla tan por sorpresa que Macy diga un taco que sin querer me reclino en mi asiento—. Pero, a no ser que ocurra un terrible accidente o te asesinen, vas a vivir para siempre. Creo que deberías pararte a pensar lo larga que es la eternidad. Y decidir si un par de meses de dolor, o incluso un par de años, valen una eternidad sin tu compañera.

Y después, mientras sigo recuperándome de esas palabras, pasa a la reina dragón por encima de cuatro piezas para que aterrice delante del rey vampiro. Entonces dice:

—Jaque mate.

Como si no me lo hubiera imaginado ya.

13
ESPACIO VITAL

Me paso la noche sin dejar de darle vueltas a lo que me ha dicho Macy; bueno, y casi toda la mañana también, si soy sincero. No es que yo no haya pensado ya en todo eso un millón de veces. Al fin y al cabo, por eso estoy aquí. Por eso acepté la propuesta de Foster de acabar mi último año en el Katmere en vez de irme a cualquier parte del mundo, adonde fuera. A ver, no es que no tenga ya el equivalente a un título bastante superior gracias a las clases con mi tutor.

Pero que sea Macy quien lo haya dicho, una chica que acaba de perder a la persona de la que llevaba enamorada un montón de tiempo, sin esperanzas de poder recuperarla... Mentiría si dijera que no me ha hecho replantearme las cosas. Y eso duele.

Quizá por eso saco el móvil para enviarle un mensaje de buenos días a Grace, aunque ya sé que voy a verla en clase dentro de un rato. Y tal vez por eso me trago mi orgullo cuando entro en clase y la veo sentada con mi hermano, con la cabeza agachada y hablando entre susurros vaya uno a saber de qué, joder.

Las ganas que siento de mandarlo todo a la mierda y de dar media vuelta hacia la puerta son grandes, enormes, pero me obligo a no hacerlo. Me obligo a seguir caminando por la clase hasta el primer sitio vacío que veo.

Hay varios pupitres vacíos cerca de Grace y Jaxon, pero no soy tan masoquista todavía. Así que me acomodo en la última fila, otra vez, y espero a que empiece la clase.

Pasan un par de minutos hasta que, justo antes de que suene el timbre, Grace saca el móvil. Estará revisando los mensajes porque de pronto se pone tiesa y empieza a pasear la mirada por toda la clase con cara de espanto. Se queda inmóvil cuando su mirada se encuentra con la mía, pero, en vez de apartarla, me la sostiene durante un par de segundos.

Cuando Grace por fin rompe el contacto visual, lo hace solo para bajar la mirada hasta el móvil mientras pasa los dedos por la pantalla a toda velocidad. Un instante después mi móvil vibra con la llegada de un mensaje.

Buenos días

Me alegra que hayas venido a clase

Empiezo a escribirle que yo también me alegro, pero todavía no tengo claro que sea así. Por lo que le brindo la mejor sonrisa que puedo esbozar ahora mismo, que igual podría parecer un rictus, antes de abrir el libro de texto y fingir que leo la ética de otro filósofo que ya he estudiado.

No abro la boca cuando la señora Virago hace las preguntas, y ella no se complica la vida preguntándome, lo cual me parece un buen plan para todos.

Cuando suena el timbre soy el primero en salir por la puerta. Puede que no haya renunciado a ella, pero eso no significa que tenga que ver cómo se pasea por los pasillos cogida de la mano de Jaxon. Aun así apenas he recorrido medio pasillo cuando Grace me coge del brazo por detrás.

—Para ser un tío que se ha pasado dos semanas en mi cabeza, estos días parece que no consigues estar tan lejos de mí como te gustaría. —Sonríe, pero puedo ver el dolor en sus ojos. Es impresionante cuánto se parece al dolor que temo que se refleje en los míos.

—Te estoy dando tu espacio —contesto todo lo despreocupado que puedo.

—Te lo agradezco, pero siento como si estuvieras poniendo todo un continente entre nosotros. —Todavía no me ha soltado el brazo, y noto cómo el calor que emana de su mano traspasa la camisa formal de mi uniforme del Katmere hasta abrasarme la piel.

Doy un paso atrás (lejos del calor de su piel) y le pregunto:

—Grace, ¿qué quieres de mí?

Pero en cuanto pronuncio esas palabras me siento fatal. Parece afectada, y es lo último que quiero. Jamás le haría daño a Grace a propósito, por mucho daño que me estén haciendo a mí ella y toda esta situación.

Estoy a punto de disculparme, pero antes de que pueda empezar susurra:

—No lo sé. Es que... —Se calla, y se le escapa un suspiro entrecortado—: Te echo de menos. Sé que es una mierda, y que no tengo derecho a decírtelo. Pero te echo de menos.

Entonces se vuelve y recorre de nuevo el pasillo hasta su próxima clase... y hasta Jaxon. Siempre Jaxon.

Sin embargo, antes de que pueda enfadarme, se me vienen a la mente las palabras de Macy sobre la eternidad. Y por primera vez sé (y sé a ciencia cierta) que tiene razón. Porque sí, ahora mismo estoy sufriendo, y Grace también.

Pero la conozco como la palma de mi mano. Lo sé todo sobre ella: lo que le gusta, lo que odia, sus virtudes y sus defectos, y envuelto por todo eso está el discernimiento de que tengo que aguantar lo que haga falta. Porque vale, puede que no sepa nada de lo que va a pasar, o de cómo va a pasar, pero sé que algún día recordará nuestro tiempo juntos. Y sé que recordará lo que me dijo hace semanas. Que soy su verdadero norte y que, mientras esté con ella, siempre encontrará su camino.

Así que si no aguanto y espero a que se dé cuenta de que me vuelve a querer, cuando recupere sus recuerdos Grace, mi Grace, me dará una soberana paliza por haberme rendido con ella. Y peor aún, por haberme rendido con nosotros.

Así que me trago el dolor y la ira mientras sigo caminando por el pasillo y me prometo que, pase lo que pase, me quedaré aquí hasta que Grace esté lista para el futuro.

DESCUBRE LA SERIE CRAVE.
YA FORMA PARTE DE TI.